Steffen Lukas
Maximilian Reeg

# SINNLOS-MÄRCHENBUCH
# Vol. 2

*auf sächsisch!*

Herausgegeben von Maximilian Reeg,
mit freundlicher Unterstützung von RADIO PSR

Copyright © 2021 by Maximilian Reeg & Steffen Lukas
Herstellung und Verlag: BoD - Books on Demand,
Norderstedt, Deutschland
Satz: Germaine Paulus

Februar 2021
ISBN: 9-783753-408262

# Inhalt

# Vorwort
der Gebrüder Wilhelm und Jacob Grimm

Liebe Leserinnen, liebe Leser!

Herzlichen Glückwunsch zum Kauf des neuen »Sinnlosmärchenbuch Vol. 2«!

Ihr Vertrauen bestärkt uns in unserem Bemühen, »Grimms Märchen« – die beliebteste Märchenmarke auf dem sächsischen Globus – für Sie stetig weiterzuentwickeln und Ihr Märchennutzererlebnis zu verbessern.

Viel ist seit der letzten Ausgabe geschehen: Wir haben zahllose Säcke voll Gold und überquellende Schatzkisten voll wertvollem Plunder und Gelumpe investiert, um uns den Herausforderungen der Zukunft, wie dem Märchenwaldsterben, der Klimaverwünschung und der Carola-Krise, zu stellen.

So haben wir die bis dato mechanischen Server der Märchenmatrix, die noch mit dem Betriebssystem »Butzenfenster 1695« liefen, gegen nagelneue Geräte aus Silicon-Valley-Herzegowina ausgetauscht.

Unseren Märchendioxidausstoß konnten wir um 84 % verringern, indem wir von Holzvergaser auf einen zeitgemäßen Wichtelmannantrieb umgestellt haben.

Auch bei der Bekämpfung der Carola-Krise konnten wir Fortschritte machen: Wir haben z. B. den bösen

Wolf verpflichtet, einen partikelfilternden Maulkorb zu tragen. Einzig die sieben schwer erziehbaren Zwerge halten es noch nicht für nötig, sich öfter als einmal im Leben die Hände zu waschen und die ACHWAS?!-Regeln einzuhalten. Hier müssen wir noch viel handgreifliche Überzeugungsarbeit (notfalls auch mit dem Klappspaten) leisten!

Bitte bedenken Sie, dass sich die neu ausgerollte Märchenmatrix 3.0 noch in einem Beta-Stadium befindet. Sollte es an der einen oder anderen Stelle zu intellektuellen Ausfällen der Märchendarsteller kommen, bitten wir, dies zu entschuldigen! Wenn die technischen Probleme überhandnehmen, schließen Sie bitte das Buch und starten es einfach neu.

Und wenn Sie nicht gestorben sind, dann können Sie jetzt anfangen, zu lesen!

Ihre Gebrüder

*Wilhelm* & *Jacob Grimm*

*Vorstandsvorsitzende*
*der Gebrüder Grimm Märchenholding AG*
*und geschäftsführende Gesellschafter*
*der Märchenmatrix-BetriebsGmbH*

# Hänsel und Brezel

Es war einmal vor langer Zeit im sächsischen Märchenwald, da brannte die Makkaronimühle, die den sächsischen Märchenwald mit schmackhaften Hohlnudeln versorgte, bis auf die Grundmauern ab. Und es gab einen Makkaronimangel im Lande, der war so groß, dass viele ihre Tomatensoße nur noch trinken konnten.

Neben einer kleinen Apfelplantage bei Sornzig-Ablass-Herzegowina wohnte der arme, alte Apfeletikettierer Anton Angelwurm mit seiner Frau Annegret Angelwurm und seinen zwei gefräßigen Wänstern; das Bübchen hieß Hänsel und das Mädchen Brezel. Die beiden waren fröhliche, übergewichtige Teenager und kullerten lustig durch die Wohnstube. Doch als die große Makkaroninot über das Land kam, mussten auch die Angelwurms am Essen sparen, um überhaupt noch Geld für Nahrung zu haben.

Wie er sich nun abends im Bette Gedanken machte und sich vor Sorgen herumwälzte, seufzte der arme, alte Apfeletikettierer Anton Angelwurm und sprach zu seiner Frau: »Mir sin' total gelieford! Unsere Wänsdor könn' mehr fressen, als 'n Müllschlucker im Plattenbau! Heute gab's ma 'ne Viertelstunde keen

Nutellabrot, da ham die glei' 'n Putz von dor Wand gefress'n!«

»Ja!«, erwiderte die Frau. »Das Beste wär', mir stopfen die in de Babyklappe!«

»Äh! Die sin' doch viel ze fett für die Babyklappe! Die grichsde doch nur mid dor Reddungsschere wiedor naus, wenn die sich da erschtma verkantet ham«, sprach der Mann.

»Ha!«, rief da die Frau. »Ich hab's! Wir fahrn morschn auf 'n Rasthof Plötzetal an dor A14 un da setzen mir die aus!«

Doch der arme Apfeletikettierer Anton Angelwurm hatte ein warmes, weiches Herz und Mitleid mit seinen Kindern und er sprach: »Rasthof Plötzetal? Echt jetzt? Das is' doch Sachsen-Anhalt! Wie kann mor nur so grausam sein? Was bist Du für 'ne Mutter? Wenn schon, dann Raststätte Muldental!«

Die zwei Kinder hatten vor Hunger auch nicht einschlafen können, weil sie seit dem zweiten Abendbrot nichts mehr gegessen hatten. Sie spielten gerade eine Runde spanische Inquisition auf ihrer hölzernen Playstation, als sie hörten, was Vater und Mutter planten.

Da weinte die Brezel wie ein löcheriger Weinschlauch in einer schummrigen Spelunke und sprach zu Hänsel: »Man kann bei der Auswahl seiner Verwandten nich' vorsichtich genug sein. Jetze hammor den Salat!«

»Jetzt heul hier ne rum, Brezel!«, sprach Hänsel. »Unsere Alden sin' doch einfach nur bescheuert. Die sin' voll aus der technischen Steinzeit, gloobs mir!

Die ham keene Ahnung, dass mir 'ne Navi im Handy ham! Also sei getrost, liebes Schwesterchen, und schlaf nur ruhig ein, Google wird uns nicht verlassen!«

Und die beiden frommen Kindelein falteten ihre kleinen, speckigen Händchen und schickten noch ein Gebet zum lieben Steve Jobs im Himmel.

Als der nächste Morgen mit Grauen hereinbrach, kam schon die Frau und weckte die beiden Kinder: »Steht auf, Ihr faulen Blagen, wir bring' Euch jetzt zu Oma und Opa – Mami un' Papi machen nämlich 'en Selbsterfahrungsworkshop. Vierzehn Tage Erbsenzählen in der Toskana!«

Dann gab sie ihnen eine Tüte Schokobons und sprach: »Da habt Ihr was zu picken für den Mittag, aber futtert nich' alles auf een ma'! Nich', dass Euch wieder auf'n Rücksitz schlecht wird.«

Und Hänsel sprach: »Jaja.«

Doch »Jaja«, liebe Kinder, heißt bekanntlich: »Leck mich am Arsch!«

Danach stiegen Hänsel, Gretel, Annegret und der arme, alte Apfeletikettierer Anton Angelwurm in den Familienskoda und fuhren in Richtung Rasthof Muldental-Herzegowina. Kaum angekommen verlangten Hänsel und Gretel stürmisch nach einem Toilettenbesuch, da ihnen aufgrund der kompletten Tüte Schokobons inzwischen schlecht geworden war.

Da freute sich ihre listige Mutter und sprach: »Hier habt Ihr jeder 70 Cent, damit Ihr den beknackten Automaten für betreutes Pinkeln bezahlen könnt!«

Doch kaum hatten die beiden dicken Teenager den unvermeidlichen Pullergroschen am Toilettenautomaten entrichtet, da blieben sie im engen Drehkreuz stecken und konnten nicht mehr vor, noch zurück. Da sprang die Mutter hurtig in den Schkoda, der mit laufendem Motor gewartet hatte und der sonst eher zaghafte, arme, alte, Apfeletikettierer Anton Angelwurm gab beherzt Gas. Und wenn die rostige Hitsche auf mehr als drei Töpfen gelaufen wäre, dann hätten bestimmt die Reifen gequietscht.

Indessen mussten Hänsel und Brezel von der freiwilligen Feuerwehr Grimma-Herzegowina mithilfe des Rettungsspreizers aus den Klauen des Drehkreuzes befreit werden. Die frommen Kindelein dankten es den guten Feuerwehrmännern und schenkten ihnen ihre Sanifair-Bons im Gesamtwert von einem Märchentaler. Dann holte das Hänsel sein Handy heraus und öffnete die Navi-App, um den Weg nach Hause zu suchen. Und wie es der Zufall so wollte, hielt just zu diesem Moment ein fettleibiger Porsche-SUV an der Tankstelle, und der Fahrer mit Krawatte stieg aus, um seine Frontscheibe von festgeklebten Fußgängern zu befreien. An diesen Mann trat das Hänsel heran und fragte, ob er die beiden bis Sornzig-Ablass-Herzegowina mitnehmen könne.

Und der Mann sprach: »Ich bin der Banker Bernd Möwe in meinem fetten SUV! Und die Pfeife Möwe, das ist meine Frau! Und die sitzt im Beifahrersitz off 'm Bierkasten, damit die überhaupt zum Fenster rausgucken kann. Folgender Sachverhalt: Ich bin in

Wahrheit gar kein Banker! Ich bin in Wirklichkeit ein verwunschener Rennfahrer! Und mir wurde prophezeit, dass ich vom Fluch des Bankertums erlöst werde, wenn ich zwei übergewichtige Tramper im Teenageralter nach Sornzig-Ablass-Herzegowina fahre!«

Das Hänsel sprach: »Also, das is' jetzt aber selbst für'n Märchen e' bissel viel Zufall auf eenma'! Das glaubt uns doch keine Sau …«, und er verdrehte genervt die Augen. »Aber was soll's! Ich will ooch bloß heeme! Brezel! Komm steig ein, der Anzugheini nimmt uns mit!«

Doch kaum hatten sich das Hänsel und die Brezel durch die riesigen Türen des Porsche SUV gequetscht, da fiel der Anzug des Bankers in Nadelstreifen von ihm ab und darunter kam eine Formel-Eins-Rennkombi zum Vorschein. Und noch bevor Hänsel und Brezel hektisch nach den Sicherheitsgurten fingern konnten, fanden sie sich kopfüber und mit den dicken Beinen strampelnd auf der Hutablage wieder – denn der vom Fluch erlöste Rennfahrer Bernd Möwe hatte soeben mit dem glasigen Blick eines Wahnsinnigen Vollgas gegeben – und war nun auf dem direkten Weg nach Sornzig-Ablass-Herzegowina.

Ei, das war ein wilder Ritt, liebe Kinder! Das Hänsel und die Brezel klebten mit ihren dicken Backen mal rechts und mal links an der Seitenscheibe, wenn es quietschend und qualmend in die Kurven ging. Dann wieder wackelten sie mit dem Wackeldackel auf der Hutablage um die Wette, wenn der Wagen beschleunigte, und schließlich bumsten sie mit ihren Pfannkuchengesichtern gleichzeitig gegen die Vordersitze, wenn der Rennfahrer Bernd Möwe, ganz gegen seine Gewohnheit, auch einmal bremste.

Siebenundvierzig gravierende Verstöße gegen die Straßenverkehrsordnung später hielt der fette Porsche-SUV endlich mitten im Gurkenbeet im kleinen, gepflegten Gärtlein der Familie Angelwurm. Die hinteren Türen des überdimensionierten Alltagspanzers öffneten sich, und heraus kullerten das Hänsel und die Brezel.

Und Brezel sprach: »Huaaaalp!« Und Hänsel sagte: »Wo De recht hast, haste recht …«

Aus den Gesichtern der beiden war die gesunde Röte des Lebens gewichen und hatte einem kränklichen Zombie-Grün Platz gemacht. Die Frau des Rennfahrers, Pfeife Möwe, die die Fahrweise ihres Mannes gewohnt war und während der ganzen Fahrt auf dem Bierkasten sitzend Kreuzworträtsel gelöst hatte, blickte von ihrem Rätselheft auf und sprach: »War irgendwas?« Dann erspähte sie die beiden japsenden Ruinen, die einst Hänsel und Brezel gewesen waren und sprach: »Also, da sieht mor ja glei', dass das Anhalter sin'! Die seh'n ja total mitgenommen aus!« Und Bernd und Pfeife Möwe gaben sich gegenseitig lachend five, dass es nur so klatschte.

Und ehe sich Hänsel und Brezel, die noch immer mit Schnappatmung über den Gartenzaun hingen, bei den Möwes bedanken konnten, hatten diese den Garten mit dem Ruf »Endlich frei! Macht's gut, Ihr

Idioten!« bereits durch das geschlossene Gartentor wieder verlassen. Und bald sah man nichts mehr von ihnen, als eine breite Reifenspur, die in Richtung Horizont-Herzegowina durch Äcker, Wiesen und unersetzliche Biotope führte.

Als Hänsel und Brezel wieder zu Kräften gekommen waren, warteten sie auf ihre Eltern und machten sich aus lauter Langeweile über die Speisekammer her. Und als alles ratzeputz aufgegessen war, bis auf eine Tüte Tiefkühlerbsen, da lutschten sie auch diese. Erst Stunden später kamen die Eltern Anton und Annegret Angelwurm nach Hause. Sie hatten so lange gebraucht, weil sie von einem geisterfahrenden Porsche-SUV in den Straßengraben gedrängt worden waren. Erst der Allgemeine Märchenwald Automobilclub hatte den Skoda der Angelwurms mit dem Abschlepp-Ochsen wieder auf die Straße ziehen können.

Der Familienskoda rollte quietschend auf den Hof und ging einfach röchelnd aus, ohne dass Anton Angelwurm den Zündschlüssel berührt hätte. Dann sahen der Vater und die Mutter ihre beiden dicken Kinder, die nach dem Genuss von jeweils fünfhundert Gramm Tiefkühlerbsen fröhlich pupsend durch den Garten tollten.

Der Mann, der ein gutes Herz hatte, freute sich, seine Kinder am Leben zu sehen, doch die böse Mutter rief: »Ich gloob, ich seh' ne rischdsch! Die sin' ja einfach wiedor da! Wo gibt's 'n sowas!? Wir ham die doch ... Ich wer' glei' bleede hier! «

Und als sie sah, dass auch die Speisekammer leer

gefuttert war, da vergaß sie ihre gute Erziehung auf dem Märchenwald-Mädchenpensionat und brüllte: »Ihr verfressene Bande von halslosen Monstern! Alles habtor gefressen! Wie die Guppies! Jetze könn' mor morgen nur noch die Gurken von mein' Gurkenbeet essen, die ich in monatelanger Kleinarbeit ... ääääääh!« Und die Frau schrie vor Schreck auf, denn sie sah, dass jemand mit Breitreifen durch ihr Gurkenbeet gefahren war und alle Gurken in Gurkensalat verwandelt hatte. Und während sie vor Wut kochte wie ein sächsischer Mutzbraten im Schnellkochtopf, da keifte sie: »So eine Scheiße, mit der Scheiße! Zweehundort Puls habbe ich, balde, doo! Sowas gibt's doch in keen Russenfilm! ... Aber für heute hab' ich genug! Mir probiern 's einfach morgen nochma' ...«

Dann setzten sich die Angelwurms gemeinsam auf die Couch in der Wohnstube vor den Fernseher und sahen die Nachrichtensendung »Aktuelle Märchenkamera«. Und weil die Speisekammer leer war und sie keine Chips mehr hatten, da kauten sie den ganzen Abend Fingernägel.

Als der nächste Morgen ausbrach, wollte die böse Frau es besser machen als am Tag zuvor, und sie weckte die Kinder noch früher und gab ihnen wieder eine Tüte Schokobons als Proviant. Dann machte sich die ganze Familie Angelwurm erneut mit dem schrottreifen Familienskoda auf den Weg.

Doch diesmal fuhren sie zum entlegenen Rasthof Plötzetal, mitten in der unwirtlichen Salzwüste Sachsen-Anhalts. Dem Manne war angst und bange, denn viele Reisende waren niemals, oder nur in geistiger Umnachtung, von dort zurückgekehrt. Und an den Lagerfeuern landauf, landab, raunte man zu später Stunde, hinter der sächsischen Märchenlandesgrenze öffne sich das Tor zur Hölle an der Saale.

Doch Anton Angelwurm konnte sein hartherziges Weib nicht umstimmen und mürrisch sprach er zu sich: »Wieso müssen eigentlich alle Weiber in Grimms Märchen immer so dermaßen kratzbürstige Hausdrachen sein? Danke für nüscht, Gebrüder Grimm! Wegen Euch hab' ich jetzt so 'ne Krawallschachtel an dor Backe. Naja. Was will mor ooch erwarten, von zwee Brüdern, die in dem Alter noch zesamm' wohn'? Da fragt mor lieber ne, sonst weeß mor glei' Bescheid ...« Und so tuckerte er maulend die A 14 Richtung Bernburg entlang.

Das Hänsel war indessen ebenfalls mit der Gesamtsituation unzufrieden und sprach zur Brezel: »Ich hab' jetze endgültig die Faxen dicke, mit unseren Alten. Die ham wo' Lack gesoffen? Ich meene, Kinder im Wald aussetzen? Das is' bei Grimms Märchen ja eher Tagesgeschäft! Aber doch nich' in Sachsen-Anhalt! Die ham wo' 'n Ei am Kopp! Totale Klatsche! Ich ruf jetzt das Jugendamt an! Ich will endlich ins Kinderheim!«

Doch als das Hänsel sein Smartphone herausholte, da war sein Akku leer, und auch Gretels Akku hatte den Geist aufgegeben. Und weil sie kein Ladekabel dabeihatten, weinten sie wie eine mit Herbstlaub verstopfte Regenrinne an einem Wochenendbungalow.

Denn nun konnte ihnen nicht einmal mehr der liebe Steve Jobs im Himmel helfen.

»Verdammter Mist!«, sprach Brezel. »Ohne Navi finden wir doch nie wieder heeme!«

Da besann sich das Hänsel und sprach: »Aber wir ham doch noch die Tüte Schokobons! Ich werf' einfach eins nach dem andern zum Autofenster naus, da ham mir dann 'ne Spur, der mir nachloofen könn'!«

»Das is' 'ne super Idee, an un' für sich. Aber da gibt's 'n klitzekleines Problem!«, sagte die Brezel etwas verlegen und leckte sich die letzten Schokokrümel von den Lippen. »Ich hab' die Schokobons aus Versehen schon alle aufgegessen!«

»So!? Na, klasse!«, grollte das Hänsel. »Jetzt weeßte wenigstens, warum Du Brezel heißt!«

»Ach, ja? Warum denn?«, fragte Brezel.

»Weil Du brezelbleede bist, deshalb!«, sagte Hänsel.

»Gequatsche aufm Rücksitz einstellen!«, rief da die Mutter, denn sie waren soeben auf dem Rasthof Plötzetal angekommen. »Un' jetzt raus mit Euch, das is' keene Wärmstube hier!«

Hänsel und Brezel stiegen aus dem Totalschaden, der mal ein Skoda gewesen war. Vater Angelwurm gab erneut Vollgas. Und die Kinder sahen traurig zu, wie sich das Fahrzeug qualmend und mit knatternden Fehlzündungen langsam Richtung Autobahnauffahrt quälte.

Hänsel und Brezel fingen an zu gehen, doch weil sie kein zweites Frühstück bekommen hatten, dachten sie nach etwa fünfundzwanzig Metern, sie müssten alsbald verschmachten. Hänsels Magen knurrte so laut, dass die riesigen, wilden Bären im Walde lieber in ihren Höhlen blieben und nur noch ängstlich, auf Tatzenspitzen schleichend, durch den Wald huschten. Als Hänsel und Brezel zum Raststättengebäude kamen, da sahen sie, dass es ganz aus frittierten Tiefkühlschnitzeln, Pommes und Bratwürsten erbaut war und das Dach war mit dem fettigsten aller Kuchen, der Donauwelle, gedeckt.

»Ich krich die Motten!«, sprach Hänsel. »Hier gibt's was zu mampfen! Und null Gemüse!«

Doch Brezel hörte ihm schon nicht mehr zu, denn sie knabberte bereits wie ein tollwütiger Biber an einer tragenden Säule des Raststättenvordachs. Hänsel hatte sich indessen durch die Hauswand aus Frikadellen gefressen wie ein Holzwurm durchs Chorgestühl der Frauenkirche. Weil er dabei eine elektrische Unterputzleitung angebissen hatte, standen ihm nun die Haare zu Berge. Da rief eine feine Stimme aus der Stube heraus:

*»Knusper, knusper, Knäuschen,*
*welcher Idiot hat die Sicherung rausgehauen?«*

*»Der Wind, der Wind, das kindische Rind!«*,
antworteten Hänsel und Brezel.

»Hä? Was'n das für 'ne blöde Antwort?«, tönte es zurück. »Also nochma':

*Knusper, knusper, Knäuschen,*
*wer knuspert an meinem Häuschen?«*

Die Kinder antworteten:

*»Der Wind, der Wind,*
*wer was and'res sagt, spinnt!«*

Und sie aßen weiter, ohne sich irre machen zu lassen, und stopften Pommes, Bratwürste und Schnitzel in sich hinein. Hänsel, dem das Dach sehr gut schmeckte, riss sich ein großes Stück davon herunter, und Gretel hatte die erste tragende Säule des Vordachs durchgenagt und machte sich jetzt an die zweite.

Da flog auf einmal die Türe auf, und eine magere Alte trat hervor, die in viel zu freizügige Gewänder gehüllt war und auch sonst den Eindruck machte, sie wäre schon das eine oder andere Mal beim Änderungsfleischer in der Märchenwaldschönheitsklinik gewesen. Hänsel und Gretel erschraken gewaltig! Hänsel spuckte erschrocken eine Bratwurst aus, die er mit Spaghetti umwickelt und in ein Stück Pizza geklemmt hatte, und Brezel biss vor Schreck mit einem Haps die zweite tragende Säule des Raststättenvordachs durch, dass sich nun langsam und knarzend immer weiter nach unten neigte.

Die Alte aber wackelte mit dem Kopfe und sprach: »Ei, Ihr lieben Kinder, wer hat Euch hierhergebracht? Kommt nur herein und bleibt bei mir, es geschieht Euch kein Leid!«

Doch weiter kam sie nicht, denn in diesem Moment ergab sich das Raststättenvordach der Schwerkraft, da sich zwei seiner tragenden Säulen aus Zartbitterschokolade nun größtenteils im Magen der

Brezel befanden. Und das Vordach aus getrockneten Rinder- und Schweinehälften begrub die Alte unter sich.

Die Alte hatte indessen auch nur freundlich getan, sie war aber in Wahrheit eine böse Hexe namens Heidi, die eine eigene Fernsehshow im Märchendeutschen Rundfunk hatte, wo sie abgemagerte Abiturientinnen mit blödsinnigen und für den Modelberuf nutzlosen Challenges quälte. In der Knusperraststätte lebte sie mit ihren schwindsüchtigen, geflügelten Dienern Tom und Bill und den beiden Möpsen Hans und Franz. Die Raststätte aus Schnitzel und Kuchen hatte sie voller List nur gebaut, um damit halb verhungerte Möchtegernmodels anzulocken. Und wenn ein junges Mädchen so in ihre Gewalt kam, da richtete sie es ab, saugte ihm den letzten Rest Persönlichkeit aus und verkaufte es dann als wandelnden Fleischkleiderbügel an die Märchenwaldmodeindustrie – und das war ihr ein Festtag.

Die Hexen haben rote Augen und können nicht weit sehen, aber sie haben eine feine Witterung wie die Tiere und merken's, wenn sie auf Kosten der Selbstachtung anderer reich werden können!

Inzwischen kamen, nach all dem Lärm, die schwindsüchtigen Diener Tom und Bill mit ihren Fledermausflügeln angeflattert, um nach dem Rechten zu sehen. Und während Tom die alte Hexe unter den Rinderhälften hervorzog, wobei die beiden Möpse Hans und Franz aufgeregt herumsprangen, holte Bill zwei Aspirin und einen Eisbeutel aus der Küche. Doch die böse Hexe Heidi hatte keine Zeit, das Ei an ihrem Kopp zu kühlen, denn sie war gerade dabei, die arme Brezel in einen Verschlag unter der Treppe zu sperren.

Als der Verschlag verriegelt war, sprach sie zum Hänsel: »So! Jetzt is' Schluss mit lustig! Deine Schwester is' ab sofort auf Diät, kapiert? Wenn die dünn genug is', wird se im Solarium getoastet und als Model verkooft. Das heeßt, die kriegt ab sofort nüscht mehr zu essen. Null. Nada. Niente. Und jetzt: Abflug! Ich habe leider kein Foto für Dich!«

Da musste das Hänsel vor Schreck ganz schön schlucken. Denn es hatte noch eine halbe Bratwurst und zwei Chicken-Nuggets im Mund.

Die Hexe rief ihm hinterher: »Und hör' auf, mei' Haus zu fressen! Du bist ja schlimmer, als 'n Schwarm Piranhas im Kinderplanschbecken!«

Weil die beiden schwindsüchtigen Fledermausdiener Tom und Bill keine Lust auf Hausarbeiten hatten und lieber den ganzen Tag mit den beiden Möpsen Hans und Franz spielten, sollte das Hänsel alle Hausarbeit tun. Doch das chronisch hungrige Hänsel dachte gar nicht daran, mit dem Essen aufzuhören. Und statt das Haus zu putzen, verputzte er das Haus. Er stopfte sich weiterhin nach Herzenslust die cholesterinreichsten Speisen in den Wanst und heimlich brach er von den Wänden ab, was er wollte, und brachte auch seiner Schwester große Mengen Gesottenes und Gebratenes, so dass sie im Verschlag nur noch weiter zunahm.

Eines Abends lag die gottlose Hexe Heidi in ihrem

Bett und betrachtete die Sterne. Da erschrak sie, weil ihr jetzt erst auffiel, dass das Dach weg war. Und sie fluchte: »Der Hänsel, dieses verdammte Fass ohne Boden! Der frisst mir noch das Haus unterm Hintern weg! Kee Wundor, dass dem seine Eltern den ausgesetzt ham. Ich muss die halslose Fressmaschine so schnell wie möglich loswerden! Am besten, ich schau gleich mal, ob die bescheuerte Brezel im Verschlag unter der Treppe schon genug abgenommen hat, dass ich die verkaufsfertig machen kann!«

Und die böse Hexe Heidi ging sogleich zu dem Verschlag, der ein kleines Loch in der Türe hatte und sprach zur Brezel: »Streck Dein Fingerlein heraus, damit ich fühle, ob Du bald dünn genug bist.«

Und die Brezel steckte ihren Zeigefinger heraus, der so schwammig und rund wie eine Bockwurst von der Tanke war.

Und die Hexe Heidi betastete ihn und sagte: »Ich will morgen wiederkommen, ob Du dann dünn genug bist, Du Mampftonne!«

So ging es alle Tage, doch das speckige Fingerlein vom Brezel wurde von all dem guten Essen nur runder und praller. Aber eines Tages, als Brezel gerade ein Hühnerbein gegessen hatte, da steckte sie ganz in Gedanken das Hühnerknöchlein durch das Loch in der Türe. Und als die böse Hexe Heidi das abgenagte Knöchlein zu fassen bekam, da war ihre Freude groß und sie rief: »Endlich biste dürre! Jetzt kommste ins Solarium, dann wirste als Frischfleisch an die Märchenwaldmodeindustrie verkooft!«

Und sie rollte ihr riesiges Solarium herbei, heizte es an und öffnete die Tür vom Treppenverschlag. Die kurzsichtige Hexe Heidi wunderte sich noch, warum es so schwer war, das ihrer Meinung nach nun schlanke Mädchen aus dem Verschlag zu ziehen, doch die Brezel hatte sich mit ihrer nach außen gewölbten Taille im Türrahmen verfangen.

Hänsel hatte alles mit angesehen und sah nun seine Gelegenheit gekommen. Er holte Schwung – und rollte wie eine gewaltige Bowlingkugel auf die böse Hexe Heidi zu …

Die Brezel hatte sich inzwischen mit einem lauten »Plopp« aus dem Türrahmen gelöst, während Hänsel mit kometenhafter Wucht auf die böse Hexe Heidi prallte, die dadurch in das vorgeheizte Solarium geschleudert wurde. Behände sprang die Brezel auf den Deckel und auch das Hänsel machte es sich auf der Deckelklappe gemütlich. Doch vorher drehte er den UV-Regler des Solariums noch von »sehr hoch« auf »volle Senge«. Und mochte sich die gottlose Hexe Heidi auch noch so mühen, sie konnte dem Tussitoaster nicht entkommen – und musste elendiglich verbrutzeln!

Auch ihre schwindsüchtigen Fledermausdiener Tom und Bill konnten nichts gegen die beeindruckende Lebendfleischeinwaage von Hänsel und Gretel ausrichten. So sehr die hühnerbrüstigen Zwilinge auch mit ihren dürren Ärmchen zerrten und so verzweifelt sie auch mit ihren Fledermausflügeln schlugen – die pummeligen Geschwister mussten nur lachen, weil es etwas kitzelte.

Und Hänsel und Brezel sangen: »Ding, Dong, die Hex' ist tot!«

Als die beiden nach einer Stunde von dem Sonnendingsbums herunterstiegen, weil sie lange nichts gegessen hatten, da sprang die Klappe auf: Und auf der gebogenen Glasscheibe über den bläulichen Röhren lag die krebsrote Schrumpelhexe Heidi und dampfte aus den Flanken. Da kamen sogleich die Möpse Hans und Franz hechelnd und sabbernd herbeigelaufen und leckten die Hexe Heidi von oben bis unten ab. Denn nach der Zubereitung im Solarium schmeckte sie ganz vorzüglich nach altem Suppenhuhn.

Die rote Farbe sollte nie wieder von der bösen Hexe Heidi weichen, und als sie sich im Spiegel sah, da lief sie schreiend davon. Und die Alten sagen, sie habe nie wieder einen Job bekommen. Außer bei den Radebeuler Karl-May-Festspielen, als Winnetous bescheuerte Frau.

Tom und Bill, die schmalbrüstigen Fledermausdiener, flogen nach dem Verschwinden ihrer bösen Herrin so lange orientierungslos um die Küchenlampe, bis sie schließlich in den milchgläsernen Lampenschirm fielen und nimmermehr gesehen wurden.

Hänsel und Brezel aber, weil sie sich nicht mehr zu fürchten brauchten, gingen in das Haus der bösen Hexe Heidi hinein. Da standen in allen Ecken Kasten voller Dollars und Säcke mit wertvollem Plunder und kostbarem Gelumpe. Da rafften sie so viel in ihre Schürzlein, wie sie konnten. Und weil das Handy der bösen Hexe voll aufgeladen war, riefen sie sich ein

Taxi, um nach Sornzig-Ablass-Herzegowina zu fahren.

Wenig später stand ein Porsche-SUV mit leuchtendem Taxischild vor der Türe. Und heraus stieg der Taxifahrer Bernd Möwe, der den zwei Geschwistern als verwunschener Rennfahrer noch in schmerzlicher Erinnerung war.

Und er sprach: »Mir is' da 'ne dumme Sache passiert. Kaum war ich vom Fluch befreit und wieder Rennfahrer, da bin ich gleich wieder verflucht worden. Diesma' zum Taxifahrer! Aber mir wurde prophezeit, dass ich vom Fluch erlöst werde, wenn ich zwei übergewichtige Fahrgäste im Teenageralter nach Sornzig-Ablass-Herzegowina fahre!«

Da winkten die beiden dankend ab und sprachen: »Wir ham ja noch vom letzten Ma' 'n Kupferbolzen in der Hose. Da loofen mir lieber …«

Und sie starteten die Naviapp auf dem Handy der Hexe und marschierten los. Und der liebe Steve Jobs im Himmel zeigte Ihnen den Weg.

Bald kam ihnen die Gegend bekannt und immer bekannter vor, und endlich erblickten sie von weitem ihres Vaters Haus. Da fingen sie an zu laufen, stürzten in die Stube hinein und fielen ihrem Vater um den Hals. Der Mann hatte keine frohe Minute gehabt, seitdem er die Kinder am Rasthof gelassen hatte. Die Frau aber hatte er, noch auf dem Rückweg, gegen einen schicken Gebrauchtwagen eingetauscht.

Und weil sie nun reich waren, hatten alle Sorgen ein

Ende, und sie lebten in lauter Freude zusammen, bis sie platzten.

# Das tapfere Webdesignerlein

Es war einmal an einem Sommermorgen im sächsischen Märchenwald, da saß ein Webdesignerlein, der listig, lustig, lässige Lars-Lutz Loderhose in Limbach-Oberherzegowina an seinem mit Pizzakartons und leeren Cola-Dosen umrahmten Arbeitsplatz inmitten der lila Laube seiner Lieblingstante Lilli aus Lohmen.

Und weil er, wie immer, keine Aufträge hatte, da langweilte sich der listig, lustig, lässige Lars-Lutz Loderhose und legte sich bei märchenwaldpartner.de ein Profil unter dem Namen »Hot_Schneewittchen97« an. Dafür ging er auf die Website der Gebrüder Grimm Märchenholding, klickte auf »Team« und klaute das Bild der Märchendarstellerin Sabine Schneewittchen.

Bereits einen Tag später hatte er in seinem Märchenwaldpartnerpostfach sieben klitzekleine E-Mails von den sieben schwer erziehbaren Zwergen, die allesamt begierig waren, das schöne Schneewittchen alsbald zu erklimmen. Um ihrem Ansinnen Nachdruck zu verleihen, fügte jeder ein Bild seiner Zipfelmütze hinzu.

Da lachte der lustig, listig, lässige Lars-Lutz Loderhose laut auf und rief: »Ha! Jetzt hab' ich Euch! Bis heute habt Ihr die Rechnung für das Webdesign von zwergengold-an-und-verkauf.de nicht bezahlt. Das sollt ihr büßen, Ihr sieben Schrumpfzipfel!«

Alsbald schrieb er sieben parfümierte E-Mails an alle sieben Zwerge zurück, in denen stand: »Lieber Zwerg, ich finde dich total süß, aber bitte schicke mir keine unaufgeforderten Zipfelmützenbilder mehr. Mir treffen uns stattdessen heute Nachmittag um drei an der alten Eiche! Zwinker, zwinker! Dein total verknalltes Schneewittchen«.

Dann legte er sich rechtzeitig mit seinem Handy an der alten Eiche in Limbach-Oberherzegowina auf die Lauer und wartete im Gebüsch auf die sieben Zwerge. Es dauerte nicht lange, da kamen sie von allen Seiten herbeigelaufen. Jeder von ihnen mit einem klitzekleinen Geschenk für Sabine Schneewittchen. Einer hatte ein Dampfbügeleisen dabei, ein anderer einen herrlich verzierten Schürhaken, der nächste einen Klammerbeutel voll mit Wäscheklammern aus Gusseisen, wieder einer hatte einen polierten Baseballschläger aus Mahagoniholz mitgebracht und Zwerg Nummer fünf wollte mit einem nagelneuen, hübschen Klappspaten punkten. Einer brachte ein glücksbringendes Hufeisen mit und der siebente Zwerg hatte für das schöne Schneewittchen eine zehn Kilogramm schwere Kettle-Bell-Hantel und zwei Kinokarten für den Märchenfilm »Stirb langsam« dabei.

»Was machst'n Du hier?«, fragte der erste Zwerg den zweiten.

Und der dritte sprach: »Das könnt' ich Euch genauso fragen!«

Der vierte Zwerg rief: »Haut ab, ich hab' hier glei' e' Rendezvous!«

»Na, aber ich doch ooch!«, riefen Zwerg fünf bis sieben.

Und schließlich riefen alle Zwerge gleichzeitig: »Haut ab, das Schneewittchen is' viellei' ma' meine Freundin!«

Da zog der Zwerg Zwenni dem Zwerg Justin das Bügeleisen über die Zipfelrübe und sprach: »Immer noch, Du Kaschperkopp?«

Das ließ der Justin natürlich nicht auf sich sitzen, holte mit dem herrlich verzierten Schürhaken aus und gab dem Zwenni Saures.

Bald riefen alle durcheinander: »Lass mei' Schneewittchen in Ruhe! Suche Dir selber 'ne Freundin ... Du kannst höchstens die Knusperhexe haben – oder dem Rotkäppchen seine bescheuerte Oma!«

Und sie lieferten sich um halb drei an der alten Eiche eine wilde Keilerei, dass sich selbst die dynamischen Hooligans vom 1. FC Märchenwald von so viel exzessiver Brutalität distanzierten. Als die sieben Zwerge völlig erschöpft und nach wiederholtem Kontakt mit dem Klappspaten die Sternlein singen hörten und kreuz und quer um die alte Eiche herumlagen, trat Lars-Lutz Loderhose aus dem Gebüsch hervor und rief:

»Herzlich willkommen bei der versteckten Kamera, Ihr Trottel! Ihr wurdet geprankt! Jetzt hat sich's nämlich auschneewittelt, bezahlt gefälligst Eure Rechnung, da kann so was ooch ne passieren.«

Und weil die sieben Zwerge zu schwach waren, den ihnen lästigen, listig, lustig, lässigen Lars-Lutz Loderhose zu verprügeln, so ließen sie ihn ziehen, schleppten sich nach Hause und holten sieben Eisbeutelein aus ihrer winzigen Kühlgefrierkombination und vierzehn Aspirinchen aus ihrem klitzekleinen Medizinschränkchen, pfiffen sich die Schmerztablettchen ein und kühlten die sieben großen Eier an ihren kleinen Köpfen.

Das Webdesignerlein Lars-Lutz lief indes nach Hause, rieb sich hämisch die Hände und sprach lachend zu sich: »Hehehehe, das war ja mal ein gelungener Streich, die sieben Zwerge voll geprankt, das heißt ja quasi: Siebene auf einen Streich!«

Und er bestellte sich sogleich im Märchenwaldinternet einen schwarzen Karategürtel, auf dem mit goldenen Lettern gestickt war: »Siebene auf einen Streich«.

Nur Minuten später stand ein Liefertroll des Märchenpostamts vor der Türe und fluchte: »So eine Scheiße mit der Scheiße! Zweehundort Puls habbe ich, balde, dooo!«

Lars-Lutz Loderhose öffnete die wackelige Laubentür und fragte: »Du kleines Männlein, warum bist Du so zornig?«

Da keifte das Männlein: »Was'n das für 'ne blöde Frage? Ich bin viellei' ma' 'n Troll, Du Vochel! Wir Trolle ham immer 200 Puls! Wenn ich ma' nur 180

Puls hab', verschreibt mir mei' Hausarzt blutdruck-steigernde Pillen! Du bist wo' neu im Märchenwald, Du Spacko? Hier haste Dein blödes Paket!«

Und der Troll schmiss Lars-Lutz Loderhose das Päckchen an die Rübe.

»Und jetzt genug geplaudert, Du Stoppelhopser! Andere Knusperköppe wollen schließlich ooch ihre dämliche Post! Tschüssikowski, Du Plinse!«

Und nach einem vollkommen sinnlosen Tritt gegen das Schienbein des Webdesignerleins sprang der grimmige Liefertroll mit Anlauf auf seine Postschnecke und galoppierte knatternd von dannen.

Und das Webdesignerlein sprach: »Aua! Also nee, Trolle im Postdienst! Das hat's früher nich' gegeben! Aber seit die Gebrüder Grimm den Märchenwald regier'n, geht alles den Bach runter. Das nächste Mal wähl' ich auf jeden Fall den Wolf. Der hat gesagt, er hat uns alle zum Fressen gern! Der meint's wenigstens gut mit uns!« Doch dann riss er begierig sein Päckchen auf.

»Bald werden alle wissen, was ich für ein Pfundsknopf bin!«, rief er, als er den bestickten Gürtel in Händen hielt. Und sein Herz wackelte ihm vor Freude wie ein Lämmerschwänzchen. Das Webdesignerlein Lars-Lutz Loderhose band sich den schwarzen Karategürtel um den Leib und wollte in die Welt hinaus, weil er meinte, die lila Laube seiner Lieblingstante Lilli aus Lohmen sei zu klein für sein Genie. Bald schon marschierte er über die Chemnitzer Landstraße, und er war schon ein gutes Stück vorangekommen, da versperrte ihm plötzlich der

furchterregende Ninja Norbert Nötzel den Weg.
Und das Webdesignerlein sprach zu der Gestalt im
schwarzen Gymnastikeinteiler mit Sturmhaube:
»Gates zum Gruße, Du furchterregender Ninja! Es
freut mich, Dich zu sehen!«

Doch der Ninja erwiderte: »Das kann sich aber
schnell ändern, Du Opfer!«

Und er zog die beiden Samurai-Schwerter mit klir-
render Klinge, die er hinter seinem Rücken kreuzwei-
se festgeschnallt hatte und ging bedrohlich und mit
blutwurstunterlaufenen Augen auf das tapfere Webdesignerlein zu.

»Aber Du hast Glück, dass Du mich vor Deinem
bedauerlichen Ableben überhaupt noch ma' zu Gesicht bekommst! Wir Ninjas sind nämlich eigentlich neunundneunzig Prozent der Zeit unsichtbar!«

»Ha!«, rief da das tapfere Webdesignerlein, das
in seiner Jugend zahlreiche Comics über Ninjas ge-
lesen hatte. »Mir brauchste nüscht zu erzählen! Ninja
Taktik, Ninja Waffen, Ninja Hagen! Ich kenn mich
aus!«

Und weil ihm angesichts seines fundierten Wis-
sens über japanische Schattenkrieger die Brust vor
lauter Stolz schwoll, öffnete sich das karierte Holzfällerhemd des Webdesignerleins und der furchterregende Ninja Norbert Nötzel sah den schwarzen
Karategürtel, auf dem in großen goldenen Lettern geschrieben stand: »Siebene auf einen Streich!«

Ninja Norbert ließ vor lauter Schreck die Schwer-
ter fallen und dachte bei sich: »Uppsi, ein Kollege!
Der hat ja genauso 'n schwarzen Gürtel wie ich. Und

er hat schon Siebene mit einem einzigen Karate-schlag umgenietet. Da muss ich wohl noch ein paar Schüsselchen Reis mit Bambussprossen essen, um's mit so 'nem Kaliber aufzunehmen!«

Und zum tapferen Webdesignerlein Lars-Lutz Lo-derhose gewandt sprach er: »Also kämpfen wäre 'ne blöde Idee, das seh' ich jetzt ooch. Aber so einfach durchlassen kann ich Dich ooch ne, sonst verlier' ich meine Ninja-Ehre und muss Harakiri machen!«

»Das klingt doch super!«, sprach da Lars-Lutz Lo-derhose. »Wenn Du schon ma' dabei bist, Harakiri zu machen, dann machste mir einfach 'n Tellerchen mit! Ich hab' schon lang nich' mehr japanisch gegessen!« Und er setzte sich an den Wegesrand, in freu-diger Erwartung einer süß-sauren Mahlzeit.

»Du Vollpfosten!«, brüllte der Ninja. »Halt die Hand vor die Oogen, dann siehste, wasses ze essen gibt! Ich fordere Dich heraus, zum Vergleich unserer Kampfkunst! Ich lass Dich nur durch, wenn Du mich besiegst!«

»Gut!«, sprach da der Lars-Lutz Loderhose keck. »So sei es! Lass uns doch einfach Jade, Wurfstern, Reismatte spielen!«

»Hä?«, fragte der furchterregende Ninja Norbert Nötzel erstaunt. »Was ist denn Jade, Wurfstern, Reis-matte?«

»Das ist die asiatische Version von Stein, Schere, Papier, Du Vochel«, erwiderte das Webdesignerlein neunmalklug.

»Deine rassistischen Klischees kannste stecken lassen!«, zischte der Ninja, und seine Gesichtsfarbe wechselte vor Ärger von Gelb auf Rot. »Und jetzt pass auf, ich zeig Dir mal was!«

Und aus der hinteren Gesäßtasche, in der die Ninjas sonst traditionell eine großkalibrige Wumme tragen, falls die Kampfkunst mal versagt, holte er einen japanischen Rettich. Den steckte er dem verdatterten Lars-Lutz Loderhose zwischen die Zähne und nahm Anlauf. Nach einem bildschönen Dreisprung und einem markerschütternden Schrei schnellte sein gestrecktes Bein direkt ins Gesicht des Webdesignerleins, das nicht wagte, sich zu rühren. Doch der normalerweise sofort tödliche Karatetritt war so kunstvoll ausgeführt, dass dem Webdesignerlein kein Haar gekrümmt wurde – und nur der Rettich, säuberlich geschält und in Wok-fertige Streifen geschnitten, zu Boden fiel.

»Nich' schlecht«, sagte der Lars-Lutz Loderhose. »Aber auch irgendwie total lame! Da is' ja die Oma vom Rotkäppchen schneller! Jetzt zeige ich Dir mal was! Siehst Du das Trafohäuschen dort am Horizont vor sich hin brummen?«

»Ja!«, sagte der Ninja Norbert Nötzel. »Ich kann es brummen sehen!«

»Also, folgender Plan: Ich renne in Nullkommanix zum Trafohäuschen und wieder zurück! Bei drei geht's los! Sperr Deine Glubscher auf, nich' dass De was vorpasst.«

Und der Lars-Lutz Loderhose zählte bis Drei und blieb wie angewurzelt stehen. Nach einer kurzen Pause fragte er: »Und? Gibste auf, oder soll ich's nochmal machen, Du Lahmarsch?«

Der Ninja glaubte nicht weniger, als dass das Webdesignerlein wirklich zu dem Trafohäuschen hin und wieder zurückgelaufen war, aber viel zu schnell für das menschliche Auge. Und er zog sich die Sturmhaube vom Kopf und weinte, wie eine Handvoll Milchreis im Abtropfsieb: »Buhuhuuu! So ein Dreck. Du bist schneller als ich. Laut Ninja-Handbuch muss ich mir jetze selber den Papierlampion auspusten! Und Harakiri is' kein Kindergeburtstag, wie schon meine alte Karateklassenlehrerin immer gesagt hat.«

Doch just in dem Moment, als sich der ehrenwerte Ninja Norbert Nötzel pflichtgemäß und mit versteinerter Miene sein rasierklingenscharfes Kurzschwert in den Wanst rammeln wollte – wie einen Zahnstocher durch die Olive auf einem Käsespießchen –, da nahm ihm der Lars-Lutz Loderhose kurzerhand das Messer weg und sprach: »Jetzt reicht's aber ma'! Du bist hier nich' bei Dramaqueen mit Guido Maria Quietschmann! Also mache hier kein' Mist! Du hast doch Dei' halbes Leben noch vor Dir!«

Der Ninja zog ein Hello-Kitty-Taschentuch aus seiner Geheimtasche mit den Blend- und Betäubungspulverbomben und trocknete sich damit die Tränen. »Aber was soll ich denn machen, ich kann doch nix. Nur Ninja?!«

»Gloobs mir! Jeder kann irgendwas gut!« sprach das Webdesignerlein tröstend zu ihm. »Ich glaub' an Dich! Eines Tages wirst Du so toll sein, wie ich! Gut, vielleicht nich' ganz so toll, aber immerhin. Auch Du hast irgendein Talent, mach was draus!«

Da besann sich der Ninja Norbert Nötzel und

machte sich auf, sein Glück in der Welt zu suchen. Und weil sein größtes Talent als Ninja gewesen war, sich unsichtbar zu machen, wurde er Verkäufer im Baumarkt.

Das Webdesignerlein zog pfeifend weiter und vertraute auf den lieben Steve Jobs im Himmel. Nachdem es lange gewandert war, kam es in den Hof eines prächtigen Clubheims in Karl-Märchen-Stadt, dem heutigen Chemnitz. Es war das Clubheim des Motorradclubs »Glasperlenspiel« – einem gefürchteten Wohltätigkeitsverein, dessen Mitglieder für ihre bedingungslose Sensibilität im ganzen Märchenwald berüchtigt waren. Kaum war das Webdesignerlein vor dem Clubheim erschienen und hatte die vielen verchromten Pferde der Rasse Harley-Davidson begutachtet, die davor angebunden waren, da wurde es auch schon von riesigen, grunzenden und tätowierten Rockern umringt.

Und die wilden Männer, die Brustkörbe hatten, wie die Gasboiler in der Gemeinschaftsdusche einer Jugendherberge, und Oberarme, wie frisch angegrillte Dönerspieße, sprachen: »Was bist 'n Du für 'n Lauch? Du bist wo' lebensmüde, hier einfach so offzetauchen?«

Doch das tapfere Webdesignerlein zuckte nicht mit der Wimper, sondern öffnete sein billiges Holzfällerhemd, so dass die Rocker den bestickten Karategürtel sehen konnten, und es sprach: »Glaubt bloß nich', wer ich bin! Ich hatte heute schon 'n Ninja zum Frühstück, ich sag's bloß. Wenn ich mein

Holzfällerhemd auszieh', dann isses zu spät! Ab dem Zeitpunkt bin ich nich' mehr verantwortlich für das, was dann passiert! Also überlegt's Euch gut, zu wem Ihr Lauch sagt!«

Da wichen die wilden Kerle erschrocken zurück und der Rocker Thilo fasste sich ein tätowiertes Herz und sprach: »Neneee, war ja ni so gemeint! Wir mögen Lauch! Ehrlich! Wir sind doch alle Vegetarier! Wir futtern Lauch, den ganzen Tag! Wenn's bei uns knattert, dann isses nich zwangsläufig die Harley! Wirklich. Kannste gloom!«

Und die anderen Rocker nickten ganz kleinlaut mit gesenkten Köpfen und murmelten zustimmend in ihre wilden Bärte.

»Am besten wir bringen Dich erstma' zum Präsidenten. Viellei' biste ja für irgendwas gut. Wir ham 'n Waisenhaus für osteuropäische Studentinnen. Das braucht ja ab un' an mal Objektschutz, wenn der Mopedclub »Heiße Feile« aus Burgstädt-Herzegowina in dor Stadt is'.«

Und der Rocker Thilo, der so breit war, wie eine Schrankwand mit Glasvitrine und so dämlich, wie ein Teller Kartoffelsuppe, warf sich den Lars-Lutz Loderhose über die Schulter und marschierte, gefolgt von seinen Brüdern, ins Clubhaus.

Ei, Ihr lieben Kinder, das war dort ein so wohltätiges Treiben, dass der gütige Steve Jobs im Himmel seine Freude hatte! An einem großen Tisch wurde von den lieben Rockern die Kollekte für die Witwen und Waisen gezählt und die dicken Geldscheinbündel in Reisetaschen für die Wäscherei gestapelt. An einem anderen Tisch wurden glitzerndes, weißes Mehl und wohlriechende, nahrhafte Kräuter abgewogen und mit Folie und Paketklebeband verpackt, um die Not der Bedürftigen zu lindern. In einer anderen Ecke des Raums bot ein Tätowierer seine Dienste an, und eine Hand voll Rocker stand bei ihm an, um sich ein »1% Diddlmaus« oder ein »Mutti ist die Beste!« Tattoo stechen zu lassen. Um eine Schüssel Kekse herum saß in einem Stuhlkreis die Arbeitsgruppe »Gewaltfreier Kampfsport«. Und viele andere Members widmeten sich bei einem Malzbier dem Bibelstudium oder planten einen solidarischen Kuchenbasar, wenn sie nicht gerade mit ihren riesigen Baggerschaufelhänden Babysöckchen strickten oder Eierwärmer für den Eigenbedarf klöppelten.

Bald stand Lars-Lutz Loderhose vor dem Thron des Motorradclubpräsidenten. Der bierbäuchige Muskelberg nahm das tapfere Webdesignerlein mit spitzen Fingern beim Kragen, hob ihn mit Leichtigkeit hoch, drehte und wendete ihn und betrachtete ihn skeptisch von allen Seiten. »Was soll ich'n mit dem? 'n Zahnstocher hab' ich schon!« Und als er ihn in einiger Höhe losließ, da schaukelte der leichtgewichtige Lauch Lars-Lutz Loderhose wie ein welkes Blatt langsam zu Boden.

Der Rocker Thilo sprach zum Präsidenten: »Ich weeß, Präsi, der macht auf'n erschten Blick 'n ziemlich schwindsüchtigen Eindruck. Aber der haut Siebene off een Streich um! Gegen den is' Chuck Norris 'ne Buchtel mit lauwarmer Erdbeermarmelade.«

»Hmmm. Das is' jetzt 'ne kniffelige Situation ...«, sagte der Präsi zum Webdesignerlein und kratzte sich den Bart, dass die Flöhe und Wanzen in alle Himmelsrichtungen davonsprangen. »So 'n bestickten Karategürtel kann sich doch jeder Honk im Internet bestellen. Das sagt erst ma' nix. Andererseits hab ich ooch keene Lust, mich jetzt mit dem anzulegen, und hinterher krieg ich doch 'n paar aufs Fressbrett. Ich hab' nur noch een Zahn und den will ich behalten. Sonst weiß ich nich' mehr, wie ich mein Malzbier aufmachen soll.«

Vorsichtshalber nahmen die Rocker vom MC Glasperlenspiel den Lars-Lutz Loderhose als Vollmitglied in ihre Reihen auf. Sie banden eine Flasche Rotkäppchensekt an eine Kordel und ließen sie mit viel Schwung an der Rübe von Lars-Lutz Loderhose zerschellen. Damit war seine Rockertaufe perfekt.

Als die Schlafenszeit gekommen war, kam der Rocker Thilo und reichte dem Webdesignerlein seine Lieblingsbettwäsche von der Heavy-Metal-Band Iron Maiden. »Hier, mei' Gudor! Du brauchst doch Bettzeuch!«, sprach er. »Und ich kann immer am besten schlafen, wenn mich 'n vergammelter Zombie mit 'ner bluttriefenden Axt dabei anstarrt. Gute Nacht!«
Lars-Lutz Loderhose dankte dem Rocker Thilo von Herzen und ging zu Bett. Doch er konnte nicht einschlafen, weil ihn von seiner kuscheligen Iron-Maiden-Bettwäsche unentwegt ein vergammelter Zombie mit einer bluttriefenden Axt anstarrte.

Doch wie er so wach lag, hörte er, wie sich der Rockerpräsident heimlich mit seinen Männern unterhielt. Er hörte den Präsi sagen: »Morgen ist die kleine Ratte fällig! Morgen schicken wir den ins Schwarzwassertal auf den Berg Katzenstein, gleich hinter Marienberg!«

»Aber das ist doch fast schon bei den Tschechen!«, rief Rocker Thilo ernsthaft besorgt.

»Noch besser!«, sprach der fette Präsi. »Im Schwarzwassertal wohnt der allesfressende Erzgebirgsyeti!«

Und allen Rockern blieb vor Entsetzen die Luft weg, als ihr Präsident fortfuhr: »Der hat 'n Maul wie 'ne Schrottpresse! Das war's dann mit dem Heini!« Nun trank jeder noch einen Kasten Malzbier und alle Rocker fielen in einen tiefen Schlaf.

Als das tapfere Webdesignerlein hörte, dass es ihm an den Kragen gehen sollte, sann es auf eine List. Und weil es auf Märchenbook mit dem Erzgebirgsyeti über drei Ecken befreundet war, so schickte es ihm eine Privatnachricht: »Lieber Yeti, hast Du manchema Hunger?«

Der Yeti antwortete umgehend: »Ich verstehe die Frage nich. Ich habe e' Maul wie 'ne Schrottpresse, ich hab' immer Hunger! Aber von Dir wird mor doch ne satt!«

Da lachte das Webdesignerlein und schrieb zurück: »Ne, ne, Alter! ich meene richtig ›All you can eat‹. Für umme! Ich sitz hier direkt an der Quelle. E' ganzes Klubhaus voller zweehundort Kilo Brummer. Die schaffste gor ni' alle off eema!«

Da schrieb der Erzgebirgsyeti: »Das wollmor erschtema seh'n! Rücke die Adresse raus, ich komme sofort!«

Und das riesige Ungetüm machte sich mit großen Sprüngen aus dem Schwarzwassertal hinter Marienberg auf zu dem Klubheim des Motoradklubs Glasperlenspiel und bei jedem seiner gewaltigen Hopser zeigte der Seismograf in der Märchenwalderdbebenzentrale einen Wert von elf auf einer Skala von eins bis zehn.

Das Webdesignerlein schlich sich unterdessen in die Küche, stahl dem Koch ein Ei, aß es an Ort und Stelle auf und stibitzte noch einen Sack festkochende Kartoffeln. Dann schlich er auf Zehenspitzen zu den feurigen Harleys vor dem Clubhaus. Und er steckte all den verchromten Pferden eine Kartoffel in den Auspuff. Nur das Motorrad vom Rocker Thilo, der ihm das schöne Bettzeug gebracht hatte, das verschonte er.

Im nächsten Moment bebte die Erde, sodass im Klubheim die Butzenscheiben klirrten und die Teller auf den Tischen wackelten. Die Rocker sprangen augenblicklich aus ihren Betten und rannten in den Hof. Da erblickten sie den sagenumwobenen Erzgebirgsyeti.

Der Rockerpräsident starrte das Webdesignerlein entsetzt an und rief: »Sache ma', bist Du bleede, oder was? Der frisst uns doch jetzt alle!«

»Mich nich!«, sprach da das Webdesignerlein Lars-Lutz Loderhose. »Ich hau nämlich ab!«

»Wie denn?«, sagte der Präsident. »Du bist doch ooch nich' schneller als dor Yeti!?«

»Das is' mir Hupe! Hauptsache ich bin schneller als Ihr!«, rief das tapfere Webdesignerlein und hurtig sprang es auf die wiehernde Harley vom Rocker Thilo, zerrte den Thilo hinter sich auf den Sitz und sauste knatternd und mit einem zünftigen: »Hasta la vista, Ihr Flachzangen!« vom Hof. Die Rocker wollten es ihm gleichtun und mit ihren feurigen Harleys vor dem hungrigen Erzgebirgsyeti fliehen, doch weil sie alle eine Kartoffel im Auspuff hatten, sprang keines ihrer Pferde an.

Der Erzgebirgsyeti stand währenddessen lässig mit dem Unterarm auf ein vierstöckiges Gebäude gelehnt neben dem Klubhaus und sah sich das Schauspiel an, während ihm das Wasser im Munde zusammenlief.

Da könnt Ihr Euch vorstellen, liebe Kinder, was der Erzgebirgsyeti für ein Festmahl abgehalten hat! Und weil alle Rocker nun panisch im Klubhaus Schutz suchten, da hob er einfach das Dach ab und bediente sich von oben, wie an einer großen Schachtel kreischender Frikadellen. Er snackte schmatzend und rülpsend einen Rocker nach dem anderen und konnte gar nicht mehr aufhören, ganz so, als wäre das Klubhaus vom Motorradklub Glasperlenspiel eine Tüte Erdnussflips.

Auf seiner Flucht sauste das Webdesignerlein mit dem Rocker Thilo, den es als einzigen gerettet hatte, an dem Waisenhaus für osteuropäische Kunststudentinnen vorbei.

Da fragte sich der Lars-Lutz Loderhose: »Momentema', wieso fahr ich denn hier eigentlich vorbei?«

Und er wendete das Motorrad mit quietschenden Hufen. Dann schmiss er den Rocker Thilo vom Motorradsitz und sprach: »Ab hier musste alleene klarkomm', hier haste Dei' Bettzeug zurück … Okay, es is' ja sehr flauschig und alles, aber der vergammelte Zombie mit dem bluttriefenden Beil, der passt nicht zu meiner Benjamin-Blümchen-Tapete in der lila Laube meiner Lieblingstante Lilli aus Lohmen.«

Der Rocker Tilo dankte seinem Lebensretter und sprach: »Ich wollte sowieso viel lieber Rapper werden, als Rocker! Mach's atsche, Apache!«

Und der Rapper Grandmaster MC Thilo zog in die Märchenwaldhauptstadt Berlin Herzegowina, um eine Rapperkarriere zu machen und wurde Taxifahrer.


Der Lars-Lutz Loderhose aber suchte sich im Waisenhaus die frömmste und schönste Kunststudentin aus und heiratete sie vom Fleck weg. Und weil die Rocker nun die Witwen und Waisen nicht mehr mit Mehl und Kräutern versorgen konnten, erbarmten sie sich und übernahmen selbstlos das wohltätige Geschäft.


Weil der auf tragische Weise verschwundene Motorradklub Glasperlenspiel einst zweiundachtzig Mitglieder zählte, ließ das tapfere Webdesignerlein sich einen Gürtel machen auf dem in goldenen Lettern stand »Neunundachtzig – auf zwei Streiche – plus ein bescheuerter Ninja«.

Und sie lebten glücklich und zufrieden und die fromme, polnische Kunststudentin Jaqueline Loderhose, geborene Schneewittkowski, die auch ein Profil auf märchenwaldpartner.de hatte und stets viel Post bekam, gebar dem Lars-Lutz Loderhose sieben auffallend schwer erziehbare, kleine Kindelein.

# Fränky, der Froschkönig

*I*n den alten Zeiten, wo das Wünschen noch geholfen hat, lebte einst der kluge Kombinatsdirektor Karl Theodor Knackwurst, dessen Töchter waren alle schön wie die Orgelpfeifen; aber die jüngste, die Carola Knackwurst, war so schön, dass es dem Morgen graute, wenn dieser mit den ersten Sonnenstrahlen fassungslos ihr Gesicht betastete.

Der Kombinatsdirektor Karl Theodor Knackwurst lebte mit seiner Familie im sächsischen Märchenwald wie die sprichwörtliche Made in China. Sein prächtiges Fertighaus war frisch gestrichen, und seine attraktive Ehefrau harmonierte vorzüglich mit dem eleganten Mobiliar. Weil die bunten Flanschmuffen und Rohrknie, die sein Kunststoffkombinat herstellte, die angesagtesten Heimwerkeraccessoires des ganzen sächsischen Märchenwaldes waren, war er so reich, dass er es sich leisten konnte, die sieben schwer erziehbaren Zwerge als lebende Gartenzwerge zu engagieren.

Sein Garten war voll mit kostbarem Plunder und wertvollem Gelumpe, aus zahlreichen, reich verzierten Brünnlein kamen Vita-Cola, Hühnerbrühe, saures Gurkenwasser, Jägersoße mit Champignons und Bockbier. Überall in der barocken Pracht standen zur Unterhaltung Grüppchen von weißen Figuren.

Geflügelte Putten aus Gips, die auf kurzweilige Weise die beliebtesten Geschichten der Bibel nacherzählten: Zum Beispiel den Urknall, die Lebensgeschichte des Galileo Galilei oder die Erfindung der Antibabypille. Und wenn der störrische Buchsbaum in seinem weitläufigen Kleingarten geschnitten werden musste, ließ der Kombinatsdirektor Karl Theodor Knackwurst stets den Frisör des Ex-Präsidenten der United States of Herzegowina einfliegen, was er jedoch immer wieder aufs Neue bereute.

Nahe bei dem Fertighaus des Kombinatsdirektors stand das Prunkstück der Familie Knackwurst: Ein aufblasbarer blauer Pool aus dem Baumarkt, mit einer Wassertiefe von schwindelerregenden achtzig Zentimetern. Und wenn nun der Tag recht heiß war, so ging die schöne Carola Knackwurst in sommerlichem Fummel hinaus in den Garten, setzte sich an den Rand des aufblasbaren Pools, schlug ihre langen Beine übereinander, holte ihr Handy heraus und lauschte dem Sinnlos-Märchen-Podcast über die »mehrPSR«-App.

Als sie in der Folge »Fränky, der Froschkönig« eine exakte Beschreibung ihres elterlichen Gartens hörte, die der ausgesprochen talentierte Märchenerzähler Steffen Lukas mit gewohnt wohlklingender Stimme vortrug, fiel ihr vor Schreck das nagelneue Handy ins Wasser.

Die schöne Carola Knackwurst rief: »Ja so 'ne Scheiße, mit der Scheiße! Jetzt is' mir mei' Handy ins Wasser gefallen, zweehundort Puls habbe ich balde, dooo!«

Doch nun war guter Rat teuer! Und das Mädchen sprach: »Jetzt müsste ich eigentlich googeln, wie mor so e' blödes Handy aus 'nem aufblasbaren achtzig Zentimeter Pool aus'm Baumarkt wieder rausholt, aber ich hab ja keen Handy mehr!« Und da weinte sie bitterlich, wie eine undichte Benzinleitung an einem alten Mosquitsch.

Und wie sie so klagte, rief ihr jemand zu: »Sache ma', schöne Carola Knackwurst, was stimmt'n mit Dir nich'? Du klingst ja wie die komplette erste Reihe beim Max Giesinger Konzert?!«

Da fragte die Carola Knackwurst erstaunt: »Hä? Wer spricht'n da überhaupt?«

Und die Stimme antwortete: »I bims! Fränky, der Frosch!«

Und die Carola blickte sich um, doch konnte sie niemanden erspähen. Als sie schließlich an sich herabblickte, da sah sie zwischen ihren Flip-Flops der Größe fünfundvierzig ein kleines Fröschlein bei ihrer behaarten Großzehe sitzen. Das Fröschlein hatte ein kleines, güldenes Krönchen auf seiner grünen Froschrübe und grinste so breit es konnte. Und sein Lächeln wäre sicher von Ohr zu Ohr gegangen, wenn Fröschlein Ohren hätten.

Die Carola Knackwurst sprach mit lieblicher Stimme: »Ich gloobe, es hackt! E' sprechendor Frosch mit Krone! Geht wo' los, oder was? Wo gibts'n sowas? Das is' selbst für'n Märchenwald ziemlich weit hergeholt!«

Und Fränky der Frosch sagte: »Ja, mir is' das ooch zu fett, ich habe mich da schon 'n paar ma' bei den

Gebrüdern Grimm beschwert, die soll'n ma' ne so dick offtrachen, aber die sind ja beratungsresistent, die Kaschperköppe!«

»Ach, Papperlapapp!«, sagte da die schöne Carola Knackwurst, »Ich hab' eigentlich 'n ganz andres Problem! Mei Problem is', mir is' es Handy in' Pool gefallen. Der is' aber achtzig Zentimeter tief un' mei' Arm nur circa neunundsiebzig Zentimeter lang. Da kannste ja jetzt ma' selber nachrechnen, warum ich mei' Handy nich' selber rausholen kann. Und wenn ich mich zu weit nei beuge, wer'n de Haare nass. Und dor Föhn wird im Märchenwald erscht in zweehundort Jahren erfunden. Hast Du irgendwelche konstruktiven Vorschläge, Du Glupschooge?«

Da sprach Fränky der Frosch: »Also ich könnte Dei' bescheuertes Handy ja rausholen, aber was hab' ich'n davon?«

»Na alles, was Du willst, Fränky!«, antwortete sogleich die wunderschöne Knackwurst. »Mei' Vater is' Kombinatsdirektor, dem kommen die Märchentaler schon zu'n Ohren naus! Der kooft sogar beim Sauerkraut das teurere Markenprodukt. Ohne mit dor Wimper ze zucken!«

»Gut«, sagte da Fränky der Frosch, »ich kann also alles haben, was ich will?«

»Alles, was Du willst!«, erwiderte die schöne Knackwurst, Carola.

Da sprang Fränky der Frosch sogleich mit einem seepferdchentauglichen Kopfsprung vom Rande des Aufblaspools mitten ins Wasser und holte das Handy heraus. Da freute sich die Carola Knackwurst und sprach: »Danke, Du Depp, auf Nimmerwiedersehen!«

Doch Fränky der Frosch fragte: »Momentema, was is'n mit mein' Wunsch?«

Und die schöne Carola sprach: »Mache Deine blöden Froschoochen zu, da siehste was De kriegst!« Und rannte davon.


Als sie nun des Abends im Boxspringbette lag und kurz vor dem Einschlafen noch verträumt mit dem schönen Käsemike chattete, vernahm sie erneut eine Stimme, die da sprach: »Hallo, Carola! I bims! Fränky, der Frosch!«

»Was willst'n Du hier?«, fragte da die schöne Carola Knackwurst empört.

»Lass mich zu Dir in Dein warmes, weiches Bett!«, sprach da der Frosch. »Mir is' bisschen frisch, ich würde mich gerne bisschen an Deine Froschschenkel kuscheln!«

Und die Carola rief: »Sache ma, bei Dir hackt's wo'? Mei' Bett is' reserviert für 'n schönen Käsemike. Un' ausserdem bist Du e' nasser, glitschiger, kalter, hässlicher Frosch!«

»Stimmt!«, sagte da der Fränky. »Aber Wunsch is' Wunsch! Du hast gesagt, ich kann alles haben von Dir! Also habbe Dich nich' so, mache de Bettdecke hoch, jetzt wird gekuschelt!«

»Vergiss es!«, rief da die Carola. »Frösche und Haustiere ham im Bett nüscht verloren!« Und in ihrer Not rannte sie zu ihrem Vater, dem klugen Kombinatsdirektor Karl Theodor Knackwurst, der gerade im Korridor kleine Krümel auf die Kehrschaufel kehrte.

»Vati, ich hab' e' Problem!«, sagte die schöne Carola Knackwurst. »Bei mir am Bett sitzt e' bescheuerter Frosch, der will unbedingt in meine Furzkoje, muss ich den unter meine Bettdecke lassen?«

»Naja«, sagte der Vater und sah im Handbuch für Märchenwaldmitarbeiter nach, »normalerweise nich', es sei denn, der steht unter Naturschutz. Oder, wenn gerade 'n Storch hinter ihm her is ...«

Und die schöne Carola Knackwurst rief erfreut: »Äh, Quatsch! Storch, Naturschutz, Firlefanz! So 'ne hässliche Kröte steht doch nich' unter Naturschutz! Mach's atsche, Vati, gute Nacht!«

»Momentema, nich' so schnell, mei' Frollein«, sprach da der kluge Kombinatsdirektor Karl Theodor Knackwurst, »hier steht noch was im Kleingedruckten: ›Ausnahme Doppelpunkt ... Sollte ein Frosch bei der Bergung eines Handys aus einem Aufblaspool behilflich gewesen sein, so ist ihm jeder Wunsch zu erfüllen. Ausrufezeichen!‹«

»Echt jetzt? Dei' Ernst?«, fragte Carola verwundert.

Und der Vater sprach: »Also, wenn das zutrifft, hast Du die Arschkarte, Carola.«

»Da muss ich den jetzt echt in mei' Bett lassen?«, fragte die Tochter.

Und der kluge Kombinatsdirektor sagte: »Das steht dem Frosch einfach zu. Was soll'n der von uns denken? Wenn Du Dein Versprechen nich' hältst, dann ist doch Deine ganze gute Erziehung im Arsch!«

Da fügte sich die schöne Carola, nahm Fränky den Frosch mit spitzen Fingern am Kragen und ging mit ihm ins Bett.

Schon nach wenigen Augenblicken versuchte der freche Frosch Fränky die schöne Carola Knackwurst zu küssen.

Doch sie erwiderte: »Küssen verboten, streng verboten, keiner der mich je gesehen hat, hätte das geglaubt, Küssen ist bei mir nicht erlaubt! Sage ma', Du hast wohl gefehlt im Popmusikunterricht, als de Prinzen dran warn?«

Der freche Frosch Fränky, der unter der Bettdecke bis zum Hals der schönen Carola emporgekrabbelt war, drehte auf der Stelle um, weil er nun herausfinden wollte, wo genau der Frosch die Locken hat. Doch da wurde es der wunderschönen Carola Knackwurst zu viel und sie packte den frechen Frosch Fränky beim Froschschenkel und klatschte ihn voll Abscheu an die Wand.

Sie rief: »Das haste jetzt davon, Du blödes Vieh!«

Fränky der Frosch blieb eine Weile an der Wand breitgeklatscht kleben bis er sich langsam abrollte, wie eine schlecht geleimte Tapete. Und siehe da, als er zu Boden fiel, verwandelte er sich in einen wunderschönen jungen Mann.

Und der sprach: »Hallo Carola, Danke, dass Du mich an de Wand geschmissen hast, ich bin nämlich in Wirklichkeit gar keen Frosch sondern ein verwunschener Mirko Mehnert aus Meerane.«

»Hä? Meerane?«, fragte die schöne Carola.

»Na Meerane-Herzegowina!«, antwortete der modische, maskuline Mirko Mehnert.

»Ach so!«, rief sie erfreut. »Sag's doch glei'!«

»Ich brauche jetzt zwar erschtma zwei Aspirin und 'en großen Eisbeutel für das Ei an mein' Kopp, aber Tip-Top Sachverhalt, dass Du mich von meinem Fluch befreit hast.«

Da klatschte die schöne Carola Knackwurst vor Freude in die Hände und rief: »Mirko, bleibe wo De bist, ich hole schnell mein Vati, jetzt wird sofort geheiratet!« Und sie machte sich auf ihren klappernden, schweinsledernen Holzpantoffeln aus purem Gold von dannen.

Da ging die Türe auf und herein kam die beleibte Base Bärbel Bierbach-Bockbein aus Bad Brambach-Herzegowina, die gerade bei der Familie Knackwurst zu Besuch war.

Und als sie den schönen Mirko Mehnert sah, da lief ihr das Wasser im Munde zusammen, so sehr wünschte sie sich ein Küsschen von ihm.

Und mit zum Kussmund geformten Schlauchbootlippen nahm sie Anlauf und gab dem Mirko einen sehr nassen Kuss quer über das ganze Gesicht.

Da fielen auf einmal die Kleider des schönen Mirko Mehnert leer zu Boden und im Kragen seiner Strickjacke saß ein kleiner, grüner, glitschiger, hässlicher Frosch.

Der rief entsetzt: »Bist Du bescheuert? Ich lerne glei' mein Schwiegervater kennen! Küss mich schnell nochma', damit ich mich wieder in einen Mirko verwandeln kann!«

Doch die beleibte Base Bärbel sagte: »Ach, wo! Was will ich'n mit'n Mirko? E' sprechender Frosch ist doch viel besser! Das hab' ich mir schon immer gewünscht!«

Und mit ihren wurstfingerigen Händchen packte sie den Frosch, dem dabei die Augen gehörig herausquollen und steckte ihn ihr episches Dekolleté.

Und während der Frosch Fränky verzweifelt nach Luft schnappte machte sie sich mit großen Sprüngen und dem Frosch Fränky zwischen ihren Riesenhupen auf und davon.


Ei, liebe Kinder, da könnt Ihr Euch die Aufregung vorstellen, als der Vater Karl Theodor Knackwurst mit seiner schönen Tochter Carola in das Zimmer kam und sie nur noch die leeren Gewänder des schönen Mirko Mehnert aus Meerane-Herzegowina vorfanden.


Die Carola weinte gar bitterlich, wie ein undichter Aufgußeimer in der Sauna, und ihr Vater sprach zärtlich zu ihr: »Jetzt heule hier ne rum, andere Frau Mehnerts ham ooch schöne Söhne und außerdem: Die Hauptsache ist doch, dass wir jetzt neue Klamotten für die Vogelscheuche ham. Ich weiß gar ne, wo hier's Problem is'.«

Da zogen sie der Vogelscheuche die prächtigen Kleider des schönen Mirkos an und kaum war sie angekleidet, das entbrannte das Herz der schönen Carola Knackwurst in tiefer Liebe und sie heiratete die Vogelscheuche.

Sie bereute ihren Entschluss niemals, denn ihr neuer Gatte widersprach ihr nie, war treu und verschwiegen, immer für sie da und nur beim Tango tanzen etwas steif um die Hüften.

Der kluge Kombinatsdirektor Karl Theodor Knackwurst freute sich ebenfalls, denn weil die schöne Carola ihrem neuen Gemahl nicht mehr von der Seite wich, hatte er nun zwei Vogelscheuchen im Garten und sein Krähenproblem war damit gelöst.

Der freche Frosch Fränky aber, der inzwischen im bombastischen Busen der beleibten Base Bärbel Bierbach-Bockbein aus Bad Brambach eingeklemmt war, wie ein Schüler im überfüllten Schulbus, sprach zufrieden: »Hier geht's mir gut! Hier is' immer schön warm! Und ich hab' hier alle Tage gut zu essen, denn die Bärbel zieht jede Menge Fliegen an!«

Und so lebten sie alle glücklich und zufrieden, bis sie eines Tages ihren Bürostuhl als Küchenleiter benutzten, sich beim Fensterputzen zu keck hinauslehnten, oder das Bügeleisen reparierten, ohne den Netzstecker zu ziehen.

Und deshalb, liebe Kinder, ist die Moral der Geschichte:

*Die meisten Unfälle passieren im Haushalt!*

# Doofröschen

*V*or Zeiten war ein Paar, das lebte in einem prächtigen Kohlekraftwerk aus purem Gold mitten im sächsischen Märchenwald. Das waren der Kohlekraftwerksdirektor Wolfgang Lippendorf und seine Frau Turbine.

Eines Tages sprach die Turbine Lippendorf: »Ach hätten wir nur ein Kind so rot wie Blut, so weiß wie Schnee und so schwarz wie Ebenholz«.

Da sprach der Wolfgang Lippendorf: »Momentema, also erschtens: Falsches Märchen. Zweetens: Das kann ich mir nich' alles of eema merken. Und drittens: Reicht nich' erschtema irgend een Kind?«

Als die schöne Turbine Lippendorf einmal am Ufer des Flusses weidete und trank, trug sich zu, dass ein Frosch aus dem Wasser ans Land kroch und zu ihr sprach: »Guten Tag, I bims, der Doktor Fernando Roberto Antonio Grünbein. Ich bin gar keen Frosch ich bin in Wirklichkeit ein verwunschener Frauenarzt und Facharzt für Reproduktionsmedizin. Da kommste ma' bei Mondschein in meine Praxis, da kriegen mir das schon hin mit Dein' Kinderwunsch.«

Und alsbald bei Vollmond suchte die schöne Turbine Lippendorf wirklich den verwunschenen

Frauenarzt Dr. Fernando Roberto Antonio Grünbein auf. Und die Behandlung tat ihr gar so gut, dass sie mit glühend roten Bäckchen die Märchenwald-Poliklinik verließ, und siehe da, einen Sommer später gebar sie dem Wolfgang Lippendorf eine wunderschöne Tochter.

Da beugten sich die beiden über die Wiege und blickten liebevoll ihr Kindelein an, während im Hintergrund das Heizkraftwerkorchester Ernst Thälmann seinen schluchzenden Geigen die höchsten Flötentöne entlockte. Und die Turbine fragte ihren Wolfgang: »Sache ma', wie wollen wir unser Kind denn eigentlich nennen?«

Da wurde der Wolfgang ganz kurzatmig vom vielen Nachdenken und sprach: »Also… spontan fällt mir da nüscht ein.« Und er nahm sie behutsam in den Arm und raunte hingebungsvoll: »Außer vielleicht Turbine 2, da kann ich Euch gut auseinanderhalten.«

Doch die Turbine erwiderte zärtlich: »Du Eibemme! Sache ma, Du hast wo' zu nahe an der Wand geschaukelt, Turbine 2 is' doch kee Name, sondern 'ne Krankheit!«

Und da sahen sie, dass das Kindlein so rot war, wie ein Röschen und so doof wie ein Döschen und nannten es fortan Doofröschen.

Das Doofröschen ward so schön und lieblich, dass der Wolfgang Lippendorf vor Stolz eine rauschende »Welcome Baby«-Party im prunkvollen Speisesaal inmitten seines Kohlekraftwerkes aus purem Gold ausrief.

Von den entlegensten Regionen der sächsischen Weltkugel ließ er die größten Köstlichkeiten herbeischaffen: Walfischrisotto vom Wermsdorfer Wal, Schaschlik mit ganzen Wildschweinen, belegte Elefantenbrötchen, für die Kinder kandiertes Nilpferd am Stiel, Kürbis-Bowle mit ganzen Früchten und Eisbergsalat in Originalgröße.

Das Heizkraftwerksorchester Ernst Thälmann spielte gar zünftig zum Tanze auf, und geladen waren die zwölf wichtigsten Märchenwald-Promis, vom Märchenwald-Präsidenten Kai-Uwe Quietschmar über die beiden Prinzen Jens Semperoper und Sebastian Brummzwiebel, bis hin zum Opernsänger Ronald Emmentaler.

Als alle zwölf wichtigen Promis des sächsischen Märchenwaldes auf Märchenbook ihre Teilnahme zugesagt hatten, da freute sich der Wolfgang Lippendorf und sprach zu seiner Frau Turbine: »Das trifft sich ja super, ich habe doch im Märchenwald 1-Euro-shop Pappteller aus purem Gold gekauft. Und in eener Packung sin' genau zwölfe drin! Tip-Top Sachverhalt! Mei' lieber Olaf – mor muss eben ooch ma' Glück ham! Gibbe mir five, Turbine!«

Das Fest ward mit aller Pracht gefeiert, mit prahlerischem Protz, prächtigstem Prunk, prickelnd-prallen Primadonnen, prustendem Prost, preisgekrönter Prosa, problematischen Prominenten und auch sonst viel PR.

Plötzlich gab es ein lautes Getöse und die schwere Speisesaal-Tür flog aus ihren Angeln und knallte flach auf den Boden. In gleißend weißem Scheinwerferlicht stand da die mächtigste Hüttenzauberin des sächsischen Märchenwaldes, die sächsische, sexy Dschungelhexe Melanie Müllerstochter aus Grimma-Herzegowina. Und sie rief: »Sachte ma', bei Euch hackt's wo'? Ich seh' wo 'ne rischtsch? Ihr feiert hier 'ne Party ohne mich, oder was? Ich will sofort den Veranstalter sprechen!«

Da ging der Wolfgang Lippendorf zu der Melanie Müllerstochter, die derweil vor Wut aus ihren schweißglänzenden Flanken dampfte, und sagte: »Entschuldigen Sie bitte, können Sie das noch ma' sagen, ich war grad so mit gucken beschäftigt, also da konnte ich nich' zuhör'n, noch ma' bitte, was?«

Da fragte die Dschungelhexe freundlich: »Wieso bin ich hier nich' eingeladen?«

Und der Kraftwerksdirektor Wolfgang Lippendorf sprach: »Naja, also ehrlich gesacht, das war so: Ich habe im Märchenwald 1-Euro-Shop 'ne Packung Pappteller aus purem Gold gekooft, da war'n bloß zwölfe drinne. Da musste jetzt ooch ma' Verständnis ham!«

Doch die Melanie Müllerstochter rief: »Nüscht is'! Das hat Konsequenzen! Weil Ihr mich nich' als Topact bei der Schiffstaufe vom schönen Doofröschen gebucht habt, soll sie sich an einem Kaktus stechen, wenn sie fünfzehn is' – und über die Wupper geh'n! Macht's atsche, Ihr Idioten!«

Sprach's, bestieg ihren verchromten Dampfbesen und knatternd und mit einigen Fehlzündungen flog sie in den Sonnenuntergang.

Da könnt Ihr Euch vorstellen, liebe Kinder, wie dämlich da die Gäste aus der Wäsche geguckt haben. Und es hob ein Jammern und Zähneklappern an, wie bei minus 40 Grad an der Bushaltestelle in Sibirien-Herzegowina.

Doch da erhob sich der Zauberpeter aus Coswig-Herzegowina, der größte Magier des deutschen, demokratischen Märchenwaldes, zauberte ein Kaninchen aus dem Dekolletee seiner Frau und rief:

*»Hokus Pokus, Simsalabim,*
*das is' doch alles nich' so schlimm,*
*Beim Haustür-Fluch,*
*das is' nich' schlecht,*
*gibt es zwei Wochen Rücktrittsrecht.«*

Da freuten sich alle, klatschten und jubelten und der Zauberpeter aus Coswig Herzegowina sprach: »Sollte sich das Doofröschen tasächlich mit fünfzehn Jahren an einem Kaktus stechen, so soll sie nich' tot um-, sondern nur in einen tiefen, hundertjährigen Schlaf fallen. Wie bei einem Tatort mit Jan Josef Liefers!«

Sprach's, zauberte aus seiner linken Hosentasche ein Handy hervor und rief sich ein Taxi nach Coswig-Herzegowina.

Da sprach der Kohlekraftwerksdirektor Wolfgang Lippendorf: »Also eens is' klar: Ab sofort müssen alle Kakteen im Märchenwald glatt rasiert werden. Wie ein Babypopo! Wenn ich ooch nur een erwische mit en unrasierten Kaktus, dann is' hier Achterbahn! Ich schicke das ooch noch ma' gesondert als Briefing rum.«

Da seiften alle Märchenwaldbewohner ihre Kakteen ein und rasierten ihnen die Stacheln ab.

Das Doofröschen wuchs derweil zu einem wunderschönen Teenager heran. Und weil sie als Einzige in ihrer Klasse Schwimmhäute zwischen den Zehen hatte, gewann sie jeden Schwimmwettbewerb. Und auch beim Hochsprung glänzte sie mit großer Sprungkraft und gewann jede Märchenwald-Spartakiade, wenn sie nicht gerade mit ihrer langen Zunge Fliegen aus der Luft fing.

Am fünfzehnten Geburtstag des Doofröschens sprach der Vater, der Kraftwerksdirektor Wolfgang Lippendorf, zu seiner Tochter: »Ich habe bei eBay e' schönes gebrauchtes Kohlekraftwerk für Selbstabholer gefunden. Das muss ich mir jetzt ma' angucken, ich will ja nich' de Katze im Sack koofen. Mir sin' in 'ner Stunde wieder da, dann gibt's Kaffee und Eierschecke.«

Aber als das schöne Doofröschen Lippendorf in dem Kraftwerke des Vaters so alleine war, da wurde ihm ganz langweilig. Wie einem Matheschüler beim Pauken von Exponentialfunktionen.

Und so stromerte es durch das Kohlekraftwerk, besah sich die majestätische, seit Jahren defekte Abgasfilteranlage und staunte über die herrlichen, edelsteinverzierten Turbinen in der großen goldenen Turbinenhalle.

Schließlich gelangte sie zu einem alten, stillgelegten Kühlturm.

Darin saß ein altes Mütterlein an einem Spinnrad und sponn feinstes Garn aus bester sächsischer Baumwolle.

Da fragte das Doofröschen erstaunt: »Was machst 'n Du hier?«

Und das Mütterlein antwortete: »Ich spinne!«

Da sagte das Doofröschen: »Das seh' ich ooch, aber was machst 'n Du da?«

Und das Mütterlein erklärte dem Doofröschen, wie sie aus der Baumwolle das Garn, und aus dem Garn die Stoffe für Kleider machte.

Da rief das Doofröschen: »Oh Mann, Du bist voll lost! Warum gehst'n Du nich' einfach zu H&M wie jeder normale Mensch – und außerdem, ma' was and'res: Wieso steht'n hier bei Dir e' unrasierter Kaktus rum? Die Dinger sin' seit fünfzehn Jahren verboten! Na, den entsorg' ich lieber glei'!«

Und wie das Mädchen nach dem Kaktus griff, da stach sie sich mit dem Stachel in ihr Stinkefingerlein und fiel sowohl um als auch an Ort und Stelle in einen tiefen Schlaf. Und sie schnarchte wie ein Sägewerk im Amazonas in Brasilien-Herzegowina.

Da warf das alte Mütterlein seinen Umhang von sich und darunter kam die mächtige Hüttenzauberin Melanie Müllerstochter zum Vorschein. Und sie lachte, wie der defekte Anlasser einer Motorkettensäge, verwandelte sich in ein Flugzeug voll besoffener Russen und flog nach Bulgarien-Herzegowina.

Der tiefe Schlaf aber senkte sich wie eine große Wolke Kohlendioxid über das Märchenwaldheizkraftwerk und seine Bewohner und alle fielen in den gleichen, tiefen Schlummer.

Da schliefen selbst die ungeduldigen Mopeds im Stall, die flinken Silberfischlein im Bade, auch die geselligen Wanzen im Bette hörten auf zu tanzen und schliefen ein, der Fernseher zeigte nur noch ein Testbild und fiel in ein tiefes Standby, das große Kohlefeuer im Kesselhaus ward ganz still und sogar das Sandmännchen, das gerade den Kindern im Kohlekraftwerkskindergarten Schlafsand in die Augen streuen wollte, schlief ein und kippte vornüber.

Auch die Mitarbeiterinnen in der Buchhaltung knallten mit der Stirne auf ihre Tastaturen und schnarchten, nur die Mitglieder der Geschäftsleitung bekamen von all dem nichts mit und schliefen einfach weiter.

Mit den Jahren wuchs aus dem kleinen Kaktus, der das Doofröschen gestochen hatte, ein stattlicher Kaktuswald, der bald so groß war, dass er das ganze Kohlekraftwerk aus purem Gold einschloss.

Da fiel der Strom aus und es ward dunkel im sächsischen Märchenwald. Und die Bewohner sprachen: »So eine Scheiße, mit der Scheiße! Zweehundort Puls ham mir balde, dooo! Da hat doch widdor eener geschlampt, da hat doch wieder eener sein' Job nich' gemacht! Und dass da ma' einer nei geht und in dem scheiß Kraftwerk 'n F-I-Schutzschalter widdor nei' drückt, is' wahrscheinlich ze viel verlangt, oder was?«

Und sie versuchten, durch die dicke Kaktus-Hecke in das Kraftwerk zu gelangen, doch alle kamen wieder nach Hause und waren so zerkratzt, als hätten sie versucht, einem tasmanischen Teufel mit der Bastelschere die Krallen zu schneiden.

Eines Tages kam der gefürchtete Rapper Kapital Bratwurst aus Berlin-Herzegowina, der wegen seiner Liebe zum Nutzhanf beziehungsweise zur Hanfnutzung im sächsischen Märchenwald als großer Pflanzenexperte galt. Er stellte sich vor die Kaktushecke und sang: »Mein kleiner grüner Kaktus, Holla Hi Holla Lelelele!«

Doch da lachte die Kaktushecke nur, und weil sie kein Freund geschwätziger Rapmusik war, verschlang sie den Kapital Bratwurst mit Haut und Haaren und spuckte danach rülpsend nur seine Baseballkappe wieder aus.

Da waren die Märchenwaldbewohner froh, dass sie sich nun die inhaltslose Rapmusik aus der Märchenwaldhauptstadt nicht mehr anhören mussten. Doch wie dem Rapper erging es Vielen. Und egal, mit welchen Werkzeugen sie auch versuchten hindurch zukommen, sie wurden allesamt von der fleischfressenden Kaktus-Hecke des Grauens verspeist.

Eines Tages kam der schöne schlanke Geronimo Schubert aus Schirgiswalde-Herzegowina in seinem schnellen, schnittigen Skoda angaloppiert, bremste mit quietschenden Hufen, stieg aus und sprach:

»Könnt Ihr bitte ma' alle weggucken, ich muss ma' ganz dringend pullern!«

Und er stellte sich an die Kaktus-Hecke, um sich zu erleichtern und griff ungeduldig nach dem Hosentore.

Da tat sich auf einmal die Hecke vor ihm auf und all die stacheligen Kakteen, die bis dahin jedem den Einlass verwehrt hatten, wichen zurück und begannen in den prächtigsten Farben zu blühen.

Da vergaß der schöne schlanke Geronimo Schubert aus Schirgiswalde-Herzegowina sein menschliches Bedürfnis und sprach: »Or! Ich gloobe, ich seh ne' rischtsch! Das is' ja e' Heizkraftwerk aus purem Gold! Das muss ich mir ma' genauer angucken«.

Und er sah im Stall die schlafenden Mopeds, die schlafenden Silberfischlein im Bade und hörte die schnarchenden Wanzen im Bette.

Er lief vorbei an den schlafenden Mitarbeiterinnen in der Buchhaltung und entdeckte auch den schlafenden Kraftwerksdirektor Wolfgang Lippendorf mit seiner Frau Turbine, die genau in dem Moment eingeschlafen waren, als sie sich zur guten Nacht küssen wollten. Und so standen sie nun seit hundert Jahren mit hängenden Armen, Stirn an Stirn gelehnt und mit einer dicken Staubschicht bedeckt, mitten in ihrem Schlafzimmer.

Als er schließlich in den Kühlturm kam, so lag da ein wunderschönes Mädchen, die schnarchte so lieblich, wie das klemmende Überdruckventil einer Bio-Gasanlage voller Veggiewürstchen.

Da war es um den schönen, schlanken Geronimo

Schubert aus Schirgiswalde-Herzegowina geschehen und sein kleines Herz stand lichterloh in Flammen.

Und er sprach zu sich: »Das is' ja ma' e' Schnäppchen! Nach so eenor kannste bei Märchenwald-Tinder ja lange suchen!«

Und er küsste sie zärtlich auf ihre einhundertundfünfzehn Jahre alte Pfirsichhaut.

Da erwachte das Doofröschen, schlug die Augen auf und sprach: »Scheiße, ich hab' verpennt, ich muss zum Schulbus!«

Doch der Geronimo Schubert sprach: »Putze Du Dir lieber erscht ma' de Zähne mei' Frollein, Du riechst, als hättste hundert Jahre geschlafen! Und zwar mit 'ner alten Tennissocke im Mund! Und als Betthupferl gab's wahrscheinlich 'ne Dose Hering, or nee ...«

Und in dem Märchenwald-Kraftwerk erwachten alle aus ihrem hundertjährigen Schlaf. Nur das bescheuerte Sandmännchen, dass mit den Augen voll in seinen eigenen Schlafsand gefallen war, schlief einfach weiter.

Da hub das Doofröschen an zu erzählen, was vor hundert Jahren vorgefallen war, doch der schöne Geronimo sprach: »Das is' ja alles gut und schön, aber könn' mir das bitte e' bissel abkürzen und umständehalber glei' heiraten, ich muss nämlich immer noch ganz dringend pullern.«

Da war das Doofröschen zufrieden und heiratete geschwind den schönen, schlanken Geronimo Schubert aus Schirgiswalde-Herzegowina.

Und im sächsischen Märchenwalde ging wieder der Strom an. Da freuten sich die Märchenwaldbewohner, dass sie wieder Erbsen einfrieren konnten.

Und die Märchenwäldler, die zum Zeitpunkt des Stromausfalls gerade einen etwas langatmigen Tatort mit Jan Josef Liefers gesehen hatten, schalteten ihre Fernseher wieder an und sprachen zu sich: »Die erschten hundert Jahre hammor jetzt ehmd verpasst. Aber die zweete Hälfte kömmor ja immer noch guggen!«

Das Doofröschen aber sprach zu seinem Gemahl, dem schönen Geronimo Schubert, nachdem sie sich gegenseitig die Ringe angesteckt hatten: »So Geronimo, das hätten wir! Sage ma, wolltest Du nich noch ganz dringend pullern gehen?«

Und der schöne Geronimo lächelte keck und sprach: »Ach, weeßte was, dafür isses jetzt ooch zu spät.«

Und so lebten sie glücklich und zufrieden alle Jahre und sogar noch etwas länger. Und wenn sie immer noch nicht gestorben sind, dann hätte ich gerne mal die Adresse von ihrem Hausarzt.

# Klappstuhl und Rosenrot

*E*s war einmal eine arme Witwe, die Ingeborg Keule aus Kuhschnappel-Herzegowina, die lebte einsam in ihrem Märchenwaldgarten in einem stillgelegten Wohnwagen mit Blick auf den Sachsenring.

Nicht selten landete in ihrem hübschen Garten ein frisierter Rennskoda, wenn ein Fahrer mal wieder versäumt hatte, vor der berüchtigten Teufelskurve des Todes zu bremsen, oder er während der Fahrt eine SMS an Mutti geschrieben hatte.

Sie verkaufte die verbeulten Rennautos im Märchenwald-Internet auf www.wir-kaufen-dein-verbeultes-rennauto.de und verdiente über die Jahre so viele Bitcoins aus purem Gold, dass sie sich auf dem echten Mittelaltermarkt zwei herzensliebe Kindlein kaufen konnte.

Da war sie nun nicht mehr einsam und sah, wie die beiden Mädchen zu prächtigen, halslosen Wänstern heranwuchsen.

Nun trug es sich zu, dass eines schönen Sommertages die beiden zu ihrer Mutter, der Ingeborg Keule, eilten und riefen: »Ey, Keule! Sache ma', mir ham bald Jugendweihe und immer noch keene Namen! Du rufst uns immer nur Kind eins und Kind zwei, da wissen mir überhaupt ne, wer gemeint is'! Setze ma' bitte

Dei' Erbsengehirn in Gang, wir wollen richtige Namen, liebe Muddi!«

Da sprach die Witwe Keule gerührt: »Gut, hab' ich verstanden, aber das muss was sein, was ich mir ooch merken kann, da brauch ich e' bissel, und nu' ab in de Schule mit Euch!«

Und da setzte sie sich auf ihren weißen Klappstuhl in ihrem Garten vor dem Wohnwagen und betrachtete versonnen ihre beiden Rosenbäumchen, von denen das eine rote, und das andere weiße Röslein trug. Und sie sprach: »Ich hab's! Rot und weiß, das is' doch die Idee! Die eene is' doch e' bissel rot wie das Rosenbäumchen und die andere is' schneeweiß.«

Sie sprang von ihrem weißen Klappstuhl auf und rief stolz: »Ich nenne Euch Klappstuhl und Rosenrot!«

Die Klappstuhl und die Rosenrot hatten einander so lieb, dass sie sich immer an den Händen fassten, sooft sie zusammen ausgingen; und wenn Rosenrot sagte: »Wir wollen uns nicht verlassen, solange wir leben«, so antwortete Klappstuhl: »Alles klar, von mir aus, versprechen kann ich's – aber droff wetten würd' ich lieber nich'!«

Und die Mutter Keule setzte liebevoll hinzu: »Gequatsche einstellen, nach'm Sandmann ab ins Bett – und zwar alle beede!«

Oft liefen sie im Märchenwalde allein umher, doch nie geschah ihnen etwas. Sie gingen zum Märchensultan in die Shisha-Bar, tanzten Pogo mit den braunen

Häslein, aßen vergnügt Vogelbeeren, ohne dass ihnen schlecht wurde, fassten an den Weidezaun, ohne eine gewischt zu kriegen und feierten wilde Partys mit den blutrünstigen Rockern vom Motoradclub MC Glasperlenspiel, ohne dass ihnen jemand K.O.-Tropfen in den Kamillentee träufelte.

Im Wohnwagen ihrer Mutter hielten Klappstuhl und Rosenrot die Unordnung so sauber, dass es eine Freude war, hineinzuschauen.

Die überall herumliegenden Katzenfutterverpackungen waren fein säuberlich gespült und glänzten in der Sonne. Sogar den kleinen Wollmäusen unter dem Bette banden sie feine Schleifchen ins Haar, dass diese adrett und niedlich durch den Wohnwagen kullerten.


Eines Abends, als sie so vertraulich beisammensaßen – auf Mutter Keules iPad lief »MSDS – der Märchenwald sucht den Superstar« –, da klopfte jemand an die Türe.

Die Mutter sprach: »Hopp, hopp, Klappstuhl, mache off, das sind bestimmt die Zeugen Jehovas, ich wollte schon lange ma' mit denen über Gott reden!«

Doch draußen vor dem Wohnwagen stand ein zotteliger, trotteliger Bär und sagte: »Juten Tach, ick bin's, der Berliner Bär aus Köpenick-Herzegowina, ick hab' ma valoofen in dem Scheiß-Märchenwald, keene Schilder, ick such den Alexandaplatz, aba wat seh ick? Überall nur Bäume! Wo genau jeht'n dit hier zum Fernsehturm?«

Da rannten die Kinder vor Schreck dreimal um

den Fliesentisch und versteckten sich im Uhrenkasten.

Die Mutter Keule sprach: »Sagt ma' – seid Ihr bescheuert oder was? Raus aus'n Uhrenkasten, mir sind hier nich' beim Wolf und den sieben Geißlein! Das hier is' doch e' Bär!«

Da riefen Klappstuhl und Rosenrot wie aus einem Munde: »Ja, aber e' Berliner!«

Der Berliner Bär fragte: »Weiß hier irgendjemand, wie spät dit is'?«

»Leider nich'!«, sprach da die Ingeborg Keule. »Die Uhr is' stehengeblieben, weil sich meine bescheuerten Kinder ma' wieder im Uhrenkasten versteckt ham!«

»Papperlapapp!«, rief da der Berliner Bär. »Freunde, ick bin den janzen Tach durch den vaflixten Mächenwald jeloofen, ick muss ma jetzt ooch ma ausruhen ... Ma' die Sniekers ausziehen, ma' die Füße hoch, vielleicht jibts hier wat zu futtan? Bulette, paar Gurken und Bier oder sowat – denn müsst ich ooch die Kinder nich' fressen, is' doch für alle jut!«

Die Mutter Keule ließ den Berliner Bären herein, staubsaugte ihm geschwind die Läuse aus dem Pelz, hängte seine goldene Baseballkappe mit der roten Krone an die Garderobe und sagte: »Buletten sin' alle, mir ham nur noch Bratklops«

Da sprach der Berliner Bär: »Nee, na denn nur Gurken und Bier. Ick ess nämlisch nur Bulette. Dit is' ja wieda ma' typisch sächsischer Märchenwald! Ick wunda ma über janüscht mehr!«

Und der Berliner Bär trat ein, aß sich satt und

legte sich vor die Propangasheizung des Wohnwagens.

Da verloren Klappstuhl und Rosenrot ihre Furcht vor dem Bären, sie tobten und sprangen auf ihm herum und schmiegten sich schließlich an sein kuschelweiches Fell.

Und von Stund an kam der Berliner Bär jeden Abend in den sächsischen Märchenwald, nachdem er tagsüber in Berlin Herzegowina im dortigen Märchenpark Hasenheide bunte Bonbons an bedürftige Kinder verkauft hatte.

Und so lebten sie glücklich und zufrieden, bis der Winter vorbei war, und der Berliner Bär sprach: »Ick muss jetzt ma' abtauchen für 'ne jewisse Zeit. Ick werde nämlich vom Märchenwaldfiskus gejagt. Weil ick mein' Bonbon-Handel nich' anjemeldet habe. Jut, ick hätte vielleicht nich' ooch noch Grundsicherung beantragen soll'n, aba wenn die mir awischen, dann nehmen die mir meine janzen Ersparnisse weg. Tut mir leid, ick muss los, vielleicht sieht man sich eines Tages ma' wieda, schönen Tach noch!«

Sprach's und hüpfte mit großen Sprüngen davon.

Und wie das Rosenrot ihn nur noch von hinten sah, da war ihm, als hätte es einen Reißverschluss im Fell des Berliner Bären gesehen. Doch es war sich seiner Sache nicht gewiss.

Nach einiger Zeit schickte die Mutter die Kinder in den Wald, Pfandflaschen zu sammeln. Da fanden sie draußen ein großes Aktenregal, an dem sprang der findige Finanzfahnder Frank-Florian Fuchtel verzweifelt auf und nieder und rief: »So eine Scheiße mit der Scheiße, zweehundert Puls habbe ich balde, doo! Jetzt hab' ich mir mein' scheiß Bart in so 'm bekloppten Drecks-Aktenordner eingeklemmt und komme nich' mehr los!«

Da fragte die Klappstuhl den Frank-Florian Fuchtel: »Aber sagen se ma', wieso ham Sie denn überhaupt so'n langen Bart? Der reicht ja bei ihn' bis unnern Bauchnabel!? Da kammor ja zwie draus machen. Und außerdem: ZZ Top ham grade angerufen, die woll'n ihr'n Bart zurück!«

Da antwortete der findige Finanzfahnder: »Der is' mir gewachsen, als ich off die Steuererklärung vom Berliner Bär gewartet habe!«

Da holte Klappstuhl ihre Bastelschere aus der Schürze, die sie immer dabeihatte, falls sie mal einem tasmanischen Teufel die Krallen stutzen wollte. Und sie schnitt, schnippschnapp, das Ende des langen Bartes des findigen Finanzfahnders Frank-Florian Fuchtel einfach ab.

Da bedankte sich der Herr Fuchtel von Herzen und sprach: »Ihr habt wo' een an dor Klatsche, oder was? Spitzen schneiden hätte gereicht! Lohn's Euch der Kuckuck!«

Und als er sich wieder frei fühlte, griff er mit beiden Händen in das Aktenregal, zog einen großen Sack heraus, der liebevoll mit den Worten bestickt war: »Pfoten weg, das is' mei' Schwarzgeld! Viele Grüße, der Berliner Bär«

Und er machte sich in großen Sprüngen auf seinem Finanzfahnderfahrrad auf und davon, ohne Klappstuhl und Rosenrot noch einmal anzusehen.

Als die beiden eines Tages von ihrer Mutter, der Witwe Ingeborg Keule, in die städtische Parkanlage geschickt wurden, um in den liebevoll angelegten Beeten einen hübschen Blumenstrauß für den Fliesentisch im heimischen Wohnwagen zu pflücken, da erspähten Klappstuhl und Rosenrot abermals den findigen Finanzfahnder Frank-Florian Fuchtel.

Er saß an seinem Finanzfahnderschreibtisch und die Spitze seines langen Bartes hatte sich in der Handkurbel seiner Bleistiftspitzmaschine verheddert. Wütend sprang er auf und nieder, doch er konnte sich nicht befreien. Als er die beiden Mädchen erblickte, rief er: »Or nee, nich' Ihr schon wieder! Noch eene schlechte Bartfrisur und ich seh' aus wie der Horst Lichter! Verschwinde mit deiner dämlichen Bastelschere! Habt Ihr keen Schraubenzieher? Da schrauben wir die behämmerte Bleistiftspitzmaschine einfach ab und lassen die in mein' Bart hängen. Wie die Makkaroni und der Rest Wurstgulasch von vorscher Woche!«

Doch die Klappstuhl sprach: »Ich hab' aber nur 'ne Bastelschere in meiner Schürze, falls ich ma' ein' tasmanischen Teufel die Krallen schneiden will«

Da rief der Herr Frank-Florian: »Wehe! Unterstehe Dich!«

Doch zu spät, liebe Kinder: Schnippschnapp, der Bart war ab!

Und wieder war der findige Finanzfahnder Fuchtel sehr dankbar, dass er nun befreit war und sagte: »Ihr habt se doch ni' mehr alle, jetzt seh' ich aus wie der Brad Pitt, aber untenrum. Danke für nüscht, Ihr missratenen Gören!«

Und er griff nach einem Sack, auf dem in großen Lettern geschrieben stand: »Pfoten weg, Eigentum vom Berliner Bären, zu Händen Geldwäscherei.«

Und er rannte mit dem Sack auf dem Rücken in den finsteren Märchenwald.

Die Mädchen waren an seinen Undank schon gewöhnt, setzten ihren Weg fort und pflückten einen herrlichen Blumenstrauß, in den mit öffentlichen Geldern liebevoll angelegten Beeten der städtischen Parkanlage.

Als sich Klappstuhl und Rosenrot auf ihrem Heimweg noch einen saftigen Märchenwalddöner holen wollten, kamen sie an einer Lichtung vorbei, auf der der findige Finanzfahnder Frank-Florian Fuchtel gerade die Reichtümer aus den Säcken vom Berliner Bären und sein gesamtes Lager an Hehlerware ausgebreitet hatte. Jedes einzelne Stück fotografierte und katalogisierte er für die amtliche Beweissicherung.

Die Abendsonne schien über die glänzenden Edelsteine, die verchromten Fahrradersatzteile und auch die vielen funkelnden Handys, die einst vor den Augen des Berliner Bären von einem Lastwagen gefallen waren.

Das alles sah so prächtig aus, dass die beiden Mädchen staunend und mit offenem Munde stehenblieben und den verlockend leuchtenden Glitzer-schruz betrachteten.

Da sagte der findige Finanzfahnder Fuchtel: »Sachtema, sucht Ihr Anschluss, oder warum rennt Ihr mir 'n ganzen Tach hinterher? Zum Glück is' mei' Bart jetzt so kurz, dass er sich nirgendwo mehr verfangen kann. Deine Bastelschere kannste stecken lassen, Du blöde Nuss!

Und er wollte gerade mit seinen Scheltworten fortfahren, als sich ein lautes Brummen hören ließ und ein schwarzer Bär aus dem Walde herbeitrabte.

Erschrocken sprang der findige Finanzfahnder auf, aber er schaffte es nicht mehr auf sein pinkes Finanzfahnderklapprad. Und schon hatte der Bär seine Zeigekralle in seiner Krawatte eingehakt und hob ihn daran nach oben, so dass die kleinen Finanzfahnderfüßlein in ihren hässlichen braunen Mokassins lustig in der Luft zappelten.

Da sprach der Bär: »Hallo Mädels, ick bin's ma' wieder, der Berliner Bär.«

Und zu dem findigen Finanzfahnder: »Und nu ma' zu Dir, mein Freundchen, dit trifft sich ja jut, ick hatte nämlisch heute noch keene Bulette, weil es in diesem janzen Scheiß-Märschenwald nur Bratklops jibt! Rosenrot, jib mir ma' ne' Flasche Ketchup, da rutscht der trockene Finanzfahnder besser!«

Da rief der Herr Fuchtel in Herzensangst: »Lieber Berliner Bär, verschone mich, ich will Dir auch alles geben, siehst Du das viele Geld, die schönen verchromten Fahrradersatzteile und die vielen funkelnden Handys, such Dir was aus und friss lieber die bescheuerten Wänster hier, sonst gehen Dir die noch mit ihrer bekloppten Bastelschere ans Fell. Musst Du selber wissen!«

Doch es nützte alles nichts! Die Rosenrot zog eine rosenrote Flasche Ketchup aus ihrer Schürze und der Berliner Bär hatte so großen Hunger, dass er den findigen Finanzfahnder Frank Florian Fuchtel an Ort und Stelle verspeiste.

Zufrieden rülpste er zweimal und bohrte sich mit den spitzen Krallen den zähen Krawattenknoten des Finanzfahnders aus den Zahnzwischenräumen.

Die Mädchen waren vor Angst fortgesprungen, aber der Berliner Bär rief ihnen nach: »Hierjeblieben, Ihr müsst keene Angst ham, ick bin doch jetzt satt! Und außerdem, könnt Ihr mir ma helfen, ick komm einfach nich ran an den Reißverschluss uff mein' Rücken.«

Da zog die Klappstuhl eine mannshohe Trittleiter aus ihrer Schürze und sprach: »Na bloß gut, dass ich immer 'ne Trittleiter dabei hab, falls ich ma 'ne Glühbirne wechseln muss, wenn's zu dunkel is' – un' ich en tasmanischen Teufel mit meiner Bastelschere de' Krallen schneiden will«

Da freuten sich alle, die Klappstuhl stieg die Trittleiter empor, griff nach dem Zipper, hielt sich daran fest und rutschte ratschend dem Berliner Bären am Reißverschluss den Buckel runter.

Und siehe da, das Bärenfell zerfiel in zwei Hälften und vor den beiden Mädchen standen zwei wunderschöne Proletenprinzen aus Berlin-Herzegowina, von denen der eine der Kopf und der andere der Hintern des Bären gewesen war. Und die beiden sprachen: »Guten Tag, wir sind's – die Gebrüder Ottendorf und Okrilla. Danke, dass Ihr uns aus dem scheiß Bärenkostüm befreit habt. Seit der 750-Jahr-Feier von Berlin-Herzegowina stecken mir in dem stinkigen Kostüm fest, weil mir einfach 30 Jahre nich' an den Reißverschluss gekommen sind. Also, das wurde ja echt ma' Zeit!«

Da holte die Rosenrot ein hölzernes Fass voll Deodorant aus ihrer Schürze und dieselte die beiden Berliner Proletenprinzen damit ein, sodass sie, statt nach Bärenpopo, nun nach Marzipan und Rosen dufteten.

Und da, liebe Kinder, war es um Klappstuhl und Rosenrot geschehen, und ihre Mädchenherzen standen vor Liebe lichterloh in Flammen.

Da sprach die Rosenrot: »Also Klappstuhl, wie machmors? Ich nehm' den Ottendorf und Du den Okrilla?«

Doch ihre Schwester rief: »Sachema, Dir is' wo' beim Wassertrinken der Klodeckel off'n Kopp gefallen? Ich heirate doch keen Bärenarsch!«

Und so mussten Klappstuhl und Rosenrot schließlich Schnick, Schnack, Schnuck spielen, wer von beiden den Kopf und wer den Hintern des Berliner Bären heiraten durfte.

Und sie lebten gesund, glücklich und zufrieden, in Saus und Braus – bis sie eines Tages versuchten,

einem tasmanischen Teufel mit der Bastelschere
die Krallen zu schneiden.

# Honk im Glück

*H*olger Honk hatte sieben Jahre in der Märchen-
waldbowlingbahn des Herrn Bruno Brunswick in
Blasewitz-Herzegowina gedient, da sprach er eines
Tages zu ihm: »Herr Brunswick, ich hab' jetzt langsam de Faxen dicke. Sie ham gesacht, ich soll ma'
bitte een Nachmittag aushelfen, vorne am Counter
die Bowlingschuhe desinfizier'n, jetzt hab ich ma' off
de Uhr geguckt, das sind ooch schon balde sieben
Jahre! Jetzt muss ich aber ma' langsam heeme zu
meiner lieben Muddi, sonst wer'n am Ende noch de
Klösse kalt! Gehm Sie mir bitte meinen Lohn, ich
muss jetzt wirklich los!«

Und der gütige Herr Brunswick antwortete: »Mei'
lieber Honk, Du hast mir sieben Jahre treu und ehrlich gedient, hast die miefigen Bowlingschuhe mit
hochgiftigem Käse-Ex eingenebelt, dafür will ich
Dich reich belohnen! Hier hast Du eine Bowlingkugel aus purem Gold! Mach's atsche, Du Honk – und
schöne Grüße an de Muddi!«

Da freute sich der Holger Honk, nahm seinen
Mund-Nasenschutz und wickelte die schwere Bowlingkugel aus purem Gold darin ein, nahm das Päckchen mit spitzen Fingern bei den Ohrenschnürlein
und machte sich auf den Weg nach Hause.

Wie er so dahinging und immer ein Bein vors andere setzte, dachte er vergnügt bei sich: »Na, die is' aber schwer, die beknackte Bowlingkugel, zum Glück is' da vorne 'ne Straßenbahnhaltestelle! Gut gefahren is' besser als schlecht geloofen!«

Es dauerte gar nicht lange, da kam der stressgeplagte Straßenbahnfahrer Stefan Straps-Strobel mit seiner prächtigen Märchenwaldstraßenbahn angebimmelt.

Und der Holger Honk sprach zu dem Fahrer: »Du hast's gut in deiner Bimmel, hockst ganzen Tach nur rum, fährst durch de Gegend, guckst aus 'n Fenster naus und alle gehmse Dir Geld.«

Da sagte der Märchenwaldstraßenbahnfahrer Straps-Strobel: »Gequatsche einstellen! Die Einzelfahrt kostet 2 Märchentaler!«

Und der Holger sprach: »Den Fahrpreis hab' ich wohl vernommen, edler Straßenbahnkutscher, allein, mir fehlt das Kleingeld!«

Doch der stressgeplagte Straßenbahnfahrer erwiderte: »Dein geschwollenes Gequatsche kannste Dir fürs Sinnlos-Märchenbuch aufheben! Und ich will hier vor allem keene Wurzeln schlagen: Also rücke die zwee Märchentaler raus, sonst läufste!«

Da sagte der Holger: »Jaja, is' ja gut. Sachema, kannst Du off 'ne Bowlingkugel aus purem Gold rausgeben?«

Da staunte der Straßenbahnfahrer Stefan Straps-Strobel, betrachtete gierig die golden glänzende Kugel und sprach zu dem Holger Honk: »Weeßte was, mir machen's ganz anders: Ich nehm' Deine Bowlingkugel aus purem Gold, und Du kriegst meine blöde Straßenbahn. Mir geht das Geplärre im Fahrgastraum sowieso schon mächtig auf'n Sack!«

Da willigte der Holger in den Tausch ein und freute sich, dass er nun seine schwere Bowlingkugel nicht mehr schleppen musste.

Schon riefen die sieben schwer erziehbaren Zwerge aus der letzten Reihe: »Geht das ma' weiter da vorne? Mir komm' sonst zu spät zur Erlebnistherapie im Kinderbergwerk. Mir ham uns're Zeit ja ooch nich' im Lotto gewonn'!«

Der Stefan Straps Strobel sagte: »Jetzt weeßte, was ich meene!«, klemmte die Bowlingkugel aus purem Gold unter seinen Arm und mit den Worten »Viel Spaß mit der Idiotenbande, Du Honk!« machte er sich mit großen Sprüngen und aus voller Kehle jubilierend auf und davon.

Und der Holger Honk sprach: »Ach, was bin ich für ein Fuß … äh Glückspilz, 'ne eigene Straßenbahn! Jetzt komm' ich ganz geschwind zu meiner Muddi, hoffentlich sind de Klöße noch warm!«

Kaum hatte er den Fahrersitz erklommen, da griff er zum Gashebel und schob ihn von »Schildkröte« auf »Normal«, von dort auf »überhöhte Geschwindigkeit« und schließlich auf »volles Rohr«.

Mit funkenschlagenden Feuerreifen raste die Märchenwaldstraßenbahn los und das Rotkäppchen, das auf dem Weg zu seiner Großmutter war, rutschte von ihrem Sitz, knallte mit der Rübe gegen eine Haltestange, verlor Käppchen und Körbchen – und

Wein und Kuchen und Rotkäppchen kullerten lustig auf dem Boden herum.

Da rief der Holger »Ei, wie lustig und geschwinde das hier zugeht!« und legte sogar noch einen Zahn zu.

Der böse Wolf, der seit einer gefühlten Ewigkeit im hinteren Waggon auf die Stopptaste gehämmert hatte, rief wütend: »Ich muss hier raus! Wir sind längst am Spielplatz mit 'n sieben Geißlein vorbei! Jetzt muss ich wegen Dir heute Abend Bemme fressen! Hast Du Tomaten off 'n Ohr'n, da vorne?«

Doch der Holger hörte gar nicht zu, denn er war schon beinahe beim Haus seiner Mutti angekommen und er rief fröhlich: »Jetzt nur noch rechts rein, dann bin ich da. Ihr warmen Klöße, ich komme!«

Doch wie er sich auch mühte, es gelang ihm nicht, in die Straße seiner Mutti abzubiegen, denn die Märchenwaldstraßenbahn blieb stur in dem ihr vorbestimmten Gleise.

Da stieg der Holger Honk schließlich voll in die Eisen, doch, weil er so schnell unterwegs war, wie Sebastian Vettel mit Juckpulver im Schlüpfer, kam er mit der Märchenwaldstraßenbahn erst am anderen Ende des Märchenwaldes zum Stehen.

Quietschend und qualmend hielt er schließlich direkt vor dem prächtigen, mit Knoblauch verzierten Dönerpalast des Märchensultans.

Dort hatte sich der Kommissar Bärbel Ehrlicher von der Märchenwaldpolizei gerade einen großen Döner mit feuriger Drachensoße gekauft und mit vollem Munde rief er dem Holger zu: »So, wie Du hier angeheizt kommst, musst Du aber ooch ganz schön Hunger ham, mei' Lieber!«

Und der Holger sprach: »Da sachste was Gescheites, Bärbel, ich habe ordentlich Kohldampf, meine Mutti wartet seit sieben Jahren mit 'n Essen off mich, hoffentlich sind de Klöße noch warm! Aber die scheißbekloppte Drecksstraßenbahn will einfach nich' abbiegen! Ich wer' nochma' bleede hier!«

Da sagte der Kommissar Bärbel Ehrlicher: »Weeßte was, ich hab' sowieso glei' Feierabend und muss mit der Straßenbahn nach Hause fahren. Da nehm ich einfach Deine Straßenbahn und Du kriegst dafür mei' Polizeiauto!«

Da freute sich der Honk und sprach:»Das is' ja Klasse! Jetzt hab' ich endlich ma' 'n eigenes Polizeiauto! Jetzt kann ich in der Mittagspause mit Blaulicht Pizza hol'n, so wie's de Märchenwaldpolizei ja ooch bloß macht. Aber nu heidewitzka, heeme zur Muddi! Ich mache ma' besser's Blaulicht an, nicht dass de Klöße am Ende doch noch kalt wer'n!«

Und fröhlich trat der Holger Honk das Gaspedal bis zum Bodenblech durch und raste mit heulender Sirene jauchzend in Richtung Scharnhorststraße, wo seine liebe Mutti wohnte.

Ei, war das eine wilde Fahrt liebe Kinder! Da sprang sogar das Häslein, dass gerade mit dem Mettigel einen Wettlauf machte, erschrocken zur Seite – und hätte der Honk nicht einen kleinen Schlenker gemacht, hätte er die beiden gar nicht mehr erwischt.

Und weiter ging's in einem Affenzahn, während der Hase und der Mettigel von unten verzweifelt gegen die Ölwanne klopften und dabei riefen: »Eh, anhalten, Du Flachfeile!«

Und wie der Holger Honk so dahinflitzte, dachte er bei seinem wilden Ritt: »Na sage ma', ich kann doch ne mit leer'n Händen zu Hause ankommen. Also wenigstens e' Blumenstrauß muss ich dor Muddi koofn, schließlich hat die sieben Jahre de Klöße für mich warmgehalten! Ich muss nur noch schnell 'n paar Märchentaler am Talerautomaten ziehen!«

Da sah der Honk auch schon eine Filiale der sächsischen Märchenwaldbank am Wegesrand, legte mit seinem Polizeiauto eine vorschriftsmäßige Gefahrenbremsung auf den asphaltierten Märchenwaldboden und hielt mit quietschenden Hufen direkt vor dem Haupteingang.

Im selben Moment kam ihm, eine Spur flatternder Geldscheine hinter sich herziehend, der böse, bullige Bankräuber Ben Bodo Bärlauch entgegen.

Als der böse Bankräuber das Polizeiauto heransausen sah, da warf er schnell die sechsunddreißig mehr oder minder tödlichen Waffen weg, die er überall am Körper versteckt hatte, legte sich flach auf den Boden und ergab sich.

Der Holger Honk sprang mutig aus dem Polizeiauto und rief: »Nee, nee, keene Sorge! Ich bin doch gar kee Polizist! Komm stehe off, Du kriegst ja noch 'ne ganz dreckige Hose!«

Und der Honk half dem bösen, bulligen Bankräuber Ben Bodo Bärlauch auf die Beine und klopfte ihm die Pferdeäpfel von der Jacke.

In diesem Augenblick krochen der Hase und der Igel, auf allen Vieren humpelnd, unter dem Polizeiauto hervor und sprachen: »So enne Scheiße mit dor Scheiße! Du hast wo' es Wildwechselschild ne gesehn? Zweehundort Puls ham mir balde, doo! Hast Du Dein' Führerschein an dor Losbude geschossen, oder was? Guck Dir ma' den Igel an, dem hat's am Kopp de ganzen Stacheln abrasiert. Jetzt sieht er aus wie dor Steffen Lukas. Na, herzlichen Glückwunsch!«

Und mit dem eingegipsten Mittelfinger winkend verabschiedeten sich Hase und Igel lauthals fluchend in den Märchenwald.

Da sagte der böse Bankräuber Ben Bodo Bärlauch: »Da bin ich aber froh, dass Du kee Polizist bist, die stören mich nämlich immer bei der Arbeit. Aber sage ma', wie kommst'n Du eigentlich zu diesem wunderschönen Polizeiauto?

»Ach«, sagte da der Honk, »das is' 'ne lange Geschichte. Meine Muddi wartet seit sieben Jahren mit den Klößen auf mich, und deshalb habe ich 'ne Bowlingkugel aus purem Gold gegen 'ne Straßenbahn und die Straßenbahn gegen e' Polizeiauto getauscht, verstehste?«

»Nö«, sagte da der Bankräuber. Und er fuhr fort: »Aber, wenn Du weitertauschen willst, gucke ma' hier, was sagst Du zu mein' Fluchtfahrrad? Das frisst keen Brot, das braucht keen Sprit, und Du darfst sogar besoffen fahrn! Und außerdem isses 'n Cabriolet, aber das siehste ja selber!«

Da rief der Honk voll Freude: »Dich schickt der Himmel! Mit jedem Tausch wird's besser, was bin ich doch für ein glücklicher Honk!«

Der bullige Bankräuber hatte die Beute bereits eingesammelt, sprang auf den Fahrersitz und raste mit Blaulicht und quietschenden Reifen von dannen.

Und der Holger Honk winkte ihm dankbar hinterher und rief: »Fahre vorsichtig, mei' Guter! Nich, dass Dich de Polizei erwischt!«

Sogleich sprang er auf sein schönes neues Fluchtfahrrad und eierte quietschend und klappernd Richtung Scharnhorststraße, wo seine Mutti wohnte, die seit sieben Jahren mit den Klößen auf ihren lieben Jungen wartete.

Da kam ihm der Rapper Kapital Bratwurst aus Berlin-Herzegowina entgegen, der auf seinem alten Nokia-Handy aus den Neunzigern herumdrückte und ärgerlich vor sich hinrappte:

»*Alda, was los, lelele-*
*Alda, muss los, lelele-*
*Warum gehst Du nich' ran?*
*Hab ich kein Empfang? Lelele...*«

Und der Honk sagte zu ihm: »Mensch, Kapital Bratwursch! Du hier und nich' in Hollywood-Herzegowina!? Warum bist Du denn so ärgerlich?«

Und der nichtsnutzige Rapper sprach: »Isch will Rapvideo drehen und brauch' noch korrekte, fette Fahrzeug für Musikvideo, Alda! Brauch ich krassen

Benser AMG – lelele – aber kein Schwein ruft mich an – lelele! Hast Du vielleicht konkret Idee – lelele?«

Und der Holger Honk sprach: »Na klar, mei' Guter! Hier, nimme mei' wunderschönes, verchromtes Fluchtfahrrad, was gloobst Du, wie gut das aussieht in Dein' nächsten Musikvideo! Und Du gibst mir dafür Dei' Handy, da kann ich meiner Muddi schnell 'ne SMS schreiben, das ich off'n Weg bin und glei' komme!«

Da war's der Capital Bratwurst aus der Märchenhauptstadt zufrieden und schon bald sah man in seinem nächsten Gangster-Musikvideo auf Märchentube, wie sich Rapunzel und das Rotkäppchen im knappen Bikini an seinem alten Fahrrad räkelten.

Der Holger Honk lief geschwind weiter und freute sich: »Was bin ich für ein Glückspilz! Jetzt hab' ich e' altes Nokia-Handy, das kann zwar nüscht, aber dor Akku hält locker acht Wochen! Da schreib' ich glei' ma' meiner lieben Muddi enne SMS, nich', dass die noch off'n letzten Meter de Klöße kalt wer'n lässt!«

Und sogleich hielt er sich das winzige, pixelige Schwarzweiß-Display vor die Augen und begann zu schreiben. Da machte es auf einmal »Gong« und der Honk war volle Hütte gegen den Blitzer auf der Märchenwaldschlösschenbrücke gelaufen. Vor Schreck fiel ihm sein Handy aus der Hand und flog in hohem Bogen über das Geländer. Und es wäre auf Nimmerwiedersehen in der Elbe versunken, wenn nicht gerade unter der Brücke ein mit Rosenkohl voll beladener Frachtdampfer hindurchgefahren wäre.

Und der Honk rief: »So viel Glück muss mor erschtma ham! Jetzt hab' ich beim Klöße essen wenigstens die Hände frei und kann mich mit dor Muddi unterhalten, statt off dem blöden alten Handy rumzudaddeln. Was bin ich doch für ein glücklicher Honk!«

Und weil das alte schwere Nokia-Handy aus grauer Vorzeit dem Kapitän des Frachtschiffs mitten auf die Rübe geknallt war, tuckerte der Rosenkohldampfer volle Kraft voraus und führerlos die Elbe aufwärts und lief am Fuße des Basteifelsens krachend auf Grund. Da könnt Ihr Euch vorstellen, liebe Kinder, wie der Basteifelsen gewackelt hat. Wie der Kopf vom Wackeldackel auf der Hutablage eines alten, grünen Mercedes Diesel.

Und weil den Holger Honk nun kein irdischer Besitz mehr bedrückte, legte er fröhlich singend und im Hopserlauf die letzten Meter auf dem Weg zu seiner lieben Mutti zurück.

Das gab ein großes Hallo, liebe Kinder!

Die Familie Honk, die in der Scharnhorststraße am Esstisch saß, begrüßte ihn freudig: »Du Vollpfosten, sage ma', wo kommst'n Du jetzt her? Seit sieben Jahren hocken mir hier und warten mit'n Essen off Dich! Na, Du hast ja Nerven!«

Da setzte sich der Holger Honk zu den anderen Honks und erzählte ihnen, was ihm widerfahren war:

»Also das war folgendermaßen: Ich hab sieben Jahre in der Bowlingbahn beim alten Herrn Brunswick ausgeholfen und dafür habe ich 'ne Bowlingkugel aus purem Gold bekommen. Aber dann wollte ich schnell nach Hause zum Essen und habe die goldene Bowlingkugel einfach gegen 'ne Straßenbahn eingetauscht. Und dann hab ich mir für die Straßenbahn e' Polizeiauto geholt, und das hab ich mit einem ganz lieben, bösen Bankräuber gegen e' Fahrrad getauscht. Aber weil ich dann Angst gekriegt hab', dass de Klöße kalt wer'n, wollte ich meiner lieben Muddi 'ne SMS schreiben und hab' das Fahrrad mit'n Kapital Bratwurst gegen sein altes Nokia-Handy getauscht. Aber das ist mir dann beim Schreiben aus Versehen in die Elbe gefallen. Und jetzt noch 'e Tipp von mir: Macht in nächster Zeit ma' besser keen Ausflug off'n Basteifelsen!«

Da kam die liebe Mutti vom Holger mit einer Riesenschüssel dampfender Klöße aus der Küche und sprach: »Mein lieber Junge! Sieben Jahre Klöße warmhalten war wohl e' bissel zu lang ...«

Und die sieben Klöße, die schon ganz grün und flauschig geworden waren und aus verschmitzten Äugelein lustig dreinblickten, sprachen: »Guten Tag lieber Honk, jetzt lernen mir Dich endlich ooch ma' kenn'! Mein Gott, hat das gedauert! Aber essen kannste uns jetzt nich' mehr. Am besten Ihr bestellt Euch einfach enne große Familienpizza, aber mit extra Käse, mir ham nämlich nach den ewigen Rumgehänge in der Kloßschüssel ooch bissel Hunger!«

Das wurde noch ein schönes Fest, liebe Kinder! Und weil die ganze Familie Honk und ihre neuen Mitbewohner, die sieben lauwarmen Klöße, einen solch großen Hunger hatten, aßen sie sieben Tage und sieben Nächte lang Pizza, bis ihnen das Mafiagebäck sieben Meter weit zum Halse heraushing.

Und weil der Holger so ein herzensguter Honk war, wichen ihm die sieben lauwarmen Klöße nie wieder von der Seite. Und sie wurden seine treuen Gefährten, und er war niemals mehr einsam, da seine lauwarmen Freunde immerzu fröhlich um ihn herumsprangen.

# Der Hase und der Mettigel

*D*iese Geschichte hört sich ziemlich lügenhaft an, liebe Kinder, aber wahr ist sie doch, denn mein Großvater, der sie nach einem Kasten Eierlikör immer zu erzählen pflegte, sagte stets: »Alles, was ich sache, stimmt, Du Hohlbirne! Die Storys aus 'm Krieg, die Geschichte vom Pferd, die Sache mit der Hose und der Kneifzange und natürlich auch die Geschichte vom Hasen und dem Mettigel! Also setze Dich hin und halte die Klappe!«

Und auch wenn der Opa seine Hausschuhe manchmal in den Kühlschrank stellte und die Butter ins Schuhregal, gibt es keinen Zweifel, dass die Sache sich genau so zugetragen hat!

Es war an einem Sonntagmorgen zur Herbstzeit, gerade als die Radieschenbäume blühten, der Morgenwind ging warm über die Gipfel der sächsischen Käsegebirge, der Mopedklub »Heiße Feile Burgstädt« traf sich zur sonntäglichen Knattertour und alle Bewohner des sächsischen Märchenwaldes waren guter Dinge, während sie sich fein angezogen auf den Weg zur Märchenkirche machten – wo sie aber niemals ankamen, denn kurz davor war eine Kneipe mit Biergarten. Alle Kreatur war vergnügt, nur einer nicht:

Der Hase Ralf Roman Rammler. Und er fluchte: »So eine Scheiße, mit der Scheiße! Zweehundort Puls habbe ich balde, dooo! Gibts denn in dem ganzen blöden Märchenwald nüscht Gescheites zu Fressen, oder was? Dauernd nur Möhr'n, Möhr'n, Möhr'n, immer nur Lauch und Rosenkohl, ich kann es nich' mehr seh'n! Und nebenbei bemerkt, ich kann ooch nich' mehr aufhören, zu furzen! Fresst Euor vegetarisches Gelumbe doch selber! Ich will endlich ma' was Anständiges! Sonst fall ich noch vom Stängel! Wie ein reifer Kürbis vom Kürbisbaum!«

Sprach's, ging in die Kneipe mit Biergarten vor der Märchenkirche und bestellte sich einen Mettigel und einen Kamillentee.

Bald brachte ihm die dralle Bedienung einen prächtigen Mettigel mit lustig funkelnden Äugelein und einem Stupsnäschen aus schwarzen Oliven und einem dichten Stachelkleid aus frischen Zwiebeln.

Da war's der Hase zufrieden, griff sich an den Kopf, schraubte einen seiner Löffel ab und wollte schon gierig zu essen beginnen.

Doch da sprach der Mettigel: »Sache ma, Du Einohrhase, bei Dir piepst wo'? Du hastse wo' ni' mehr alle? Hast Du als Kind zu heiß gebadet, oder was? Darf ich Dich freundlich dran erinnern, dass Du Vegetarier bist?«

Da staunte der Hase Ralf Roman Rammler und sprach: »E' sprechender Mettigel! Ich wer' bleede, Du hast wo' zu lange in dor Wärme gestanden, seit wann sind'n Mettigel lebendig? Oder hab' ich wieder ma' aus Versehn zu viel Zauberpilze gefressen? Ich gloob, ich seh' ne rischtsch!«

Doch der Hunger des Hasen war so groß, dass er alle Zweifel vergaß und mit seinem Löffel weit ausholte, um ihn dem Mettigel in den Wanst zu rammen und ihn an Ort und Stelle zu verspeisen.

Im letzten Moment rief der Mettigel: »Halt! Warte, Hase! Wenn Du mich frisst, dann lieg ich Dir so schwer im Bauch, dass Du vor lauter Wanstrammeln nur noch lahmarschiger wirst, als Du eh schon bist!«

Das konnte der Hase nicht auf sich sitzen lassen und rief empört: »Lahmarschig? Ich? Der Hoppelhase himself? Dor Chefhoppler? Dor Hoppelboss? Du hast se wo' nich' mehr alle? Ich bin veillei' ma der schnellste Läufer im kompletten sächsischen Märchenwald! Gut, der Wolf is eventuell noch e' bissel schneller, aber ooch nur, wenn das Rotkäppchen hinter ihm her ist!«

Da erwiderte der listige Mettigel: »Das gloobst aber ooch bloß Du! Lass uns doch einfach ma' spassenshalber um die Wette renn' – ich fette Dich so dermaßen ab, dass Du qualmst, Du Schnecke!«

Da lachte der Hase und sprach: «Sei's drum! Aber wenn ich Dich besiege, dann fress' ich Dich!«

»Abgemacht!«, sprach da der Mettigel. »Wir starten von hier aus und das Ziel ist die Schänke ›Zur schmutzigen Gabel‹ in Königsstein-Herzegowina. Das is' e' ordentliches Stück, da kannste ma' zeigen, was De droff hast!«

Doch die letzten Worte hatte der Hase schon nicht

mehr gehört, denn er war bereits aufgesprungen und losgerannt.

Da grinste der Mettigel so fettig, wie nur ein Mettigel grinsen kann, und in aller Ruhe holte er sein Handy hervor und loggte sich ein: Bei Mettigelbook in die Gruppe »Sächsischer Mettigelverband e.V.«

Dort gab es stets ein turbulentes Treiben und erregte Diskussionen über den Klimawandel im Kühlschrank und verschiedene Verschwörungstheorien über Salmonellen und Trichinen.

Er fragte in die Gruppe: »Leute, ma' hergehört, is' zufällig grade jemand von Euch in der Schänke ›Zur schmutzigen Gabel‹ in Königsstein-Herzegowina?«

»Ja, ich!«, meldete sich alsbald die Mettigelin Inge und sie schrieb: »Ich werd' hier gerade zubereitet, hahaha, hihihihihi, hohohoho …«

»Was gibt's 'n da ze lachen?«, fragte der Mettigel, und die Mettigelin Inge antwortete: »Hihihi, der Koch steckt mir grade Zwiebeln in den Rücken und das kitzelt so schön! Aber Spaß beiseite, was kann ich 'n für Dich tun?«

»Pass off, Inge …«, schrieb der Mettigel, »… da kommt glei' so e' bescheuerter Hase mit nur eem Löffel, der denkt, dass er mit mir gerade um de Wette rennt. Dem sachste einfach: ›Bin schon da!‹ Der Rest ergibt sich dann von selber!«

Die Mettigelin Inge fragte verdattert: »Was'n das für 'ne alberne Challenge? Aber was soll's, wir sind hier ja im Märchenwaldinternet auf Mettigelbook, und da muss mor bekanntlich bei jeden Scheiß mitmachen, sonst gehört mor ja nich' dazu. Also gut, ich bin dabei!«

Der Mettigel dankte ihr von Herzen: »Tip-Top Sachverhalt, Inge, genau so machmors, melde Dich einfach, wenn dor Stoppelhopsor da war.«


Und so geschah es dann auch, liebe Kinder! Der Hase kam völlig außer Atem, aber siegesgewiss bei der Schänke »Zur schmutzigen Gabel« an und rief: »Erschdor!«

Doch die Mettigelin Inge rief aus der Küche: »Bin schon da!«

Der Hase traute seinem einen Löffel nicht und hoppelte in die Küche.

Erstaunt sprach er: »Das kann doch wo' balde gar ne' wahr sein! Wie hast 'n Du das gemacht, Du hast doch nich' ma' Beene, Du Fleischklops?«

»Und was is' bitteschön das hier?«, rief die Mettigelin Inge und zeigte ihm ihre schlanken, langen Beine aus Salzstängelein.

Da sprach der Hase Ralf Roman Rammler: »Also, da ist doch was schief geloofen, das mach' mor off dor Stelle noch ma'! Auf die Plätze, fertig, los!«

Und schon rannte er wieder los, dass es in der schmuddeligen Küche nur so staubte. Der Hase rief noch: »Wer als erster wieder im Biergarten ›Zur fleckigen Schürze‹ neben dor Märchenkirche is', hat gewonnen!«

Und schon war er über alle sieben sächsischen Käseberge und rannte, so schnell er nur konnte.

Wie verabredet gab die Mettigelin Inge dem Mettigel über Mettigelbook Bescheid, dass der Hase bei ihr gewesen war und sie auch getan hatte, wie ihr geheißen ward – und dass der dämliche Hase voll auf den Trick hereingefallen war.

»Klasse Prank!«, schrieb sie noch. »Gerne wieder!«

Der Mettigel sendete der Mettigelin Inge ein fröhlich tanzendes Mettigel-Emoji und das GIF eines pochenden Hackfleischherzens.

Da freute sich die Mettigelin Inge sehr und schickte dem Mettigel ein Selfie mit Beauty-Filter, auf dem sie aussah, als wäre sie aus ganz frischem Hackfleisch.

Da wurde dem Mettigel ganz warm ums Herz und er wollte ihr gerade schon ungefragt ein Bild von seinem Salzstängelein schicken, da flog das Tor zum Biergarten zur schmutzigen Schürze neben der Märchenkirche auf und herein kam der Hase mit ein wenig Petersilienschaum vor der Nase. Und der Mettigel sprach: »Bin schon da!«

Da reiherte der Hase dem Mettigel vor lauter Erschöpfung eine kleine Portion Kaisergemüse vor die Füße und rief: »Ich wer' glei' blöde hier, seit wann sind denn Mettigel so schnell? Also, dass die manchema schnell wegmüssen, dafür hab' ich ja Verständnis, aber noch nie is' e' Mettigel off dor Langstrecke schneller gewesen als e' Hase! Du hast se woh' nich' mehr alle? Glei' nochma, Mettigel! Noch hast Du nich' gewonn'! Los geht's, ich hab Hunger!«

Sprach's und war schon wieder auf dem Weg  zu

der Schänke »Zur schmutzigen Gabel« in Königsstein-Herzegowina.

Sogleich holte der Mettigel wieder sein Handy heraus und schickte der Mettigelin auf Mettigelbook
eine Privatnachricht.
　　»Hior, Inge …«, schrieb der Mettigel, »… glei’
kommt nochma der bescheuerte Hase vorbei! Wir
machen’s genau wie vorhin, sache einfach wieder:
›Ich bin schon da!‹ … aber ma’ was anderes, hast Du
eigentlich ’n Freund?«
　　»Nee!«, schrieb die Mettigelin Inge zurück. »Be-
ziehungsstatus: solo!«
　　Und der Mettigel wunderte sich: »Also, das gibt’s
doch balde gar ne, soooo enne hübsche Mettigelin,
mit solchen schönen schwarzen Oliven-Oochen und
ei’m Haufen Mett vor dor Hütte hat noch keen Mett
bewohner?«
　　Die Mettigelin schrieb schnippisch zurück: »Ich
nehm halt nich’ jeden! Die meisten Mettigelmänner
sind entweder warm, verdorben oder gammeln nur
off dor Anrichte rum!«

Da fasste sich der Mettigel ein Herz und schrieb der
Mettigelin Inge ein Liebesgedicht:

*»Die Hackfresse so zuckersüß,*
*der Leib aus Fleisch und Fett …*
*Für mich bist Du wie ein Tartar –*
*und nich’ wie schnödes Mett!«*

Die Mettigelin Inge fühlte sich geschmeichelt – doch bevor sie zurückschreiben konnte, stand schon wieder der Hase japsend vor ihr.

Da rief sie schnell: »Bin schon da!«

Und der Hase erwiderte »Or neje!« und rannte gleich wieder los.

So ging das dreiundsiebzig Mal hin und her, liebe Kinder. Und während der Einohrhase Ralf Roman Rammler sich die Keulen ablief, chatteten die beiden Mettigelein miteinander, bis ihre kleinen Hackfleischherzen vor lauter Liebe lichterloh in Flammen standen.

Als der Hase aber zum vierundsiebzigsten Male in der Schänke »Zur schmutzigen Gabel« in Königsstein Herzegowina aufschlug, fiel er aus Versehen tot um und gab seinen letzten Löffel auch noch ab. Und der Koch sprach: »Ei, was hammer denn da, en Hasen? Kann mich gar nich' erinnern, dass ich den bestellt hab? Aber ist doch Klasse, da gibt's heute Mittag Hasenbraten! Dann kann ich endlich den vergammelten Mettigel von der Karte nehmen …«

»Hurra, ich bin frei!«, rief da die Mettigelin Inge vor Freude, sprang aus der Biotonne, setzte sich in die Märchenwaldstraßenbahn und fuhr die sieben Stationen zu ihrem neuen Freund, dem Mettigel.

Da könnt Ihr Euch vorstellen, liebe Kinder, was die beiden für eine prächtige Hochzeit gehalten haben! Alle Kindersnacks des sächsischen Märchenwaldes waren eingeladen, Corinna die Currywurst, Gertrud, der gebackene Camembert, Kurt Kartoffelpuffer, Andy Apfelmus, Marko Makkaroni und sogar das Fischstäbchen Friederich.

Paul Pizza und seine Band »Vier Jahreszeiten« spielten zum Tanze auf, und bis in die tiefe Nacht schmetterten sie beim Karaoke die größten Hits von Lady Bobo, DJ Gaga und den Backstreet Bratkartoffelz.

Dann zog sich das Mettigelbrautpaar in sein Salatbett zurück und nur neuneinhalb Wochen später bekamen sie eine große Packung Partyfrikadellen.

Und sie lebten glücklich und zufrieden, bis sie eines Tages vom Inspektor des Gesundheitsamtes wegen ihres Verfallsdatums einkassiert wurden.

# Vom Baggerfahrer Fischer
## und seiner Frau

*E*s war einmal der fleißige Baggerfahrer Fips Fischer und seine Frau, die Gräte Fischer, die wohnten zusammen in einem kleinen Baustellenwohncontainer, dicht an der Märchentalsperre Pöhl.

Der Baggerfahrer Fischer ging alle Tage redlich seiner Arbeit nach und baggerte und baggerte. Mal baggerte er auf der Baustelle und manches Mal baggerte er an der netten Buchhalterin der Baufirma.

So saß er nun einmal in seinem Baggerhäuschen und grub mit seiner großen Baggerschaufel ein Loch in die Erde. Und wie er seine Schaufel wieder herauszog, so lag darin ein kleiner, verrosteter Blindgänger aus den sächsisch-thüringischen Befreiungskriegen.

Da freute sich der Baggerfahrer Fischer, dass er nicht sogleich hochgegangen war und sprach: »Na, das is' ja ma' e' schöner Blindgänger! Wenn ich den entschärfen lasse, krieg' ich 'ne ordentliche Gefahrenzulage, bar off die Hand! Was bin ich nur für ein Glückspilz!«

Und er tätschelte zärtlich den Blindgänger, nahm ihn aus der Baggerschaufel und warf ihn vor lauter Freude immer wieder hoch in die Luft.

Da sprach der Blindgänger: »Sache ma, kannst Du

ma offhörn, Du Hohlbirne? Mir wird schlecht! Und außerdem hab' ich 'n verrosteten Zünder, mir platzt glei' der Kragen!«

Da wunderte sich der Baggerfahrer Fischer und sprach: »E' sprechender Blindgänger? Momente ma, es is' grade ma' halb elfe am Vormittag, und ich hab doch erscht en halben Kasten Bier getrunken, hier stimmt doch was nich'!«

Doch er holte sogleich sein schmutziges Baggerfahrerhandy hervor und sprach: »Ach was! Soll sich der Kampfmittelbeseitigungsdieter aus Dresden-Herzegowina damit rumplagen, sprechender Blindgänger hin oder her, ich hab' das Scheißding gefunden, ich will meine Prämie!«

Doch als er gerade die Nummer vom Kampfmittelbeseitigungsdieter wählen wollte, da rief der Blindgänger: »Entschärf mich nicht! Bitte, entschärf mich nicht! Ich bin gar kee Blindgänger, ich bin in Wirklichkeit eine verwunschene Prinzessin, und ma' ehrlich, die ganze Entschärferei ist doch sowieso überbewertet! Am Ende flieg' ich Dir noch um die Ohren, mit samt Deinem bescheuerten Bagger, also buddel mich lieber wieder ein, bitte!«

Da sprach der Baggerfahrer Fischer: »Also, wo Du recht hast, haste recht, und en sprechenden Blindgänger hab' ich nu wirklich noch nich' gesehen, da will ich ma' nich' so sein!«

Er legte den Blindgänger liebevoll zurück in das Erdloch und rief: »Mach's atsche, Blindi!"

Zuhause erzählte er seiner Frau, was ihm widerfahren war und seine Frau Gräte, die ein borstiges Weib war, sprach liebevoll: »Sachema, Du hast se wo' ni' mehr alle? Enne verwunschene Prinzessin kannste doch nich' einfach wieder einbuddeln? Von der musst Du Dir doch erscht noch was wünschen! Du hast wo' überhaupt keene Ahnung von Märchen, oder was?«

»Oh!«, sagte da der Baggerfahrer Fischer. »Das hab' ich ganz vergessen, aber was soll ich mir denn wünschen, mir ham doch alles!«

»Mir ham alles? Gucke Dich ma' um, Du Spacko! Mir hocken in em stinkigen Wohncontainer, hier is' kee Platz, hier gibt's keene Fenster, hier is' arschkalt, wenigstens e' Fertigteilhaus mit Fussbodenheizung hättste Dir wünschen können, das is' doch nu wirklich nich' zu viel verlangt!«

Da erwiderte der Baggerfahrer Fischer: »Aber Weib, Fertighaus schön und gut, nur: Wer soll denn das alles putzen? Du frisst doch nur den ganzen Tag nur Pralinen und machst keen Finger krumm!«

»Papperlapapp«, rief da die Gräte, «buddel den Scheiß-Blindgänger aus und wünsche Dir gefälligst was und sage dem, ansonsten wird er entschärft!«

Da sagte der gute Mann: »Jaja, liebes, böses Weib, ich will wohl nochmal zu dem Erdloch gehen, Hauptsache Du hältst endlich die Klappe und gehst mir nich' mehr off de Baggerketten!«

Am nächsten Tage baggerte er wieder auf seiner Baustelle herum und siehe da, wieder lag der Blindgänger auf seiner Baggerschaufel.

Da sprach der Baggerfahrer Fischer:

*»Blindi, Blindi altes Haus,*
*ich buddel Dich noch einma aus*
*Weil meine Frau, die blöde Kuh*
*lässt mir ansonsten keene Ruh!«*

Da sprach der Blindgänger Blindi zu dem Baggerfahrer: »Was geht, Baggerheini?«

»Na, meine Olle hat gesagt, von em verwunschenen Blindgänger könnte mor sich angeblich was wünschen!«, antwortete der Baggerfahrer Fischer.

»Geht in Ordnung, Digger. Was willse denn, die alte Hippe?«, fragte der Blindgänger.

»Ach«, sagte da der Baggerfahrer Fischer. «Sie will nicht mehr in unserem schönen, stinkigen Wohncontainer ohne Fenster wohnen, sie will lieber ein Fertigteilhaus mit Fußbodenheizung und allem Pipapo …«

Da sprach der Blindgänger Blindi: »Geh' nur heim, sie hat es schon!«

Und als der fleißige Baggerfahrer heimkam, so lag da seine Frau Gräte in einem prächtigen Fertighaus auf der Couch und aß Pralinen aus einem großen, goldenen Eimer.

Da sprach der Baggerfahrer: »Bist Du nun zufrieden, Frau?«

Doch die Gräte lachte nur und sagte: »Ich bin villei' ma e' böses Weib, ich bin nie zufrieden! Als nächstes will ich en Job mit Rang und Ansehen! Irgendwas, wo mor nüscht machen muss und trotzdem 'n Haufen Geld verdient!«

»Und was soll das für e' Job sein?«, fragte der Baggerfahrer Fischer ungläubig.

»Na, Märchenwaldministerpräsident!«, antwortete die Gräte Fischer.

»Märchenwaldministerpräsident? Du weeßt doch gar nich', wie sowas geht!«, rief der Baggerfahrer erstaunt.

Doch das Weib sprach: »Na und? Das war doch noch nie e' Hindernis! Ich will Ministerpräsident werden! Gehe zu Dein' bekloppten Blindgänger und sache dem das, sonst hast Du hier keene ruhige Minute mehr! Und das is' keene Drohung, sondern e' Versprechen!«

Da verdrehte der gutmütige Baggerfahrer Fischer die Augen wie ein genervtes Facebook-Smiley und machte sich wieder auf den Weg zu dem Baggerloch am Rande der Märchentalsperre Pöhl.

Dort angekommen buddelte er und buddelte, er baggerte und baggerte, so lange, bis der Blindgänger wieder auf seiner Baggerschaufel lag.

Er sprang von seinem Baggerhäuschen herunter und sagte:

*»Blindi, Blindi, altes Haus,*
*ich buddel Dich schon wieder aus!*
*Weil meine Frau, die blöde Nuss*
*Nervt mich stets mit ihrem Stuss!«*

Da sagte der Blindgänger Blindi: »So eine Scheiße mit dor Scheiße! Kammor denn hier nich' ma' in Ruhe oxidieren, oder was? Dauernd das Ausgebuddel, mir reicht's langsam. Zweehundort Puls habbe ich balde, doo! Wenn das so weitergeht, geh' ich noch in die Luft!«

Da sagte der Baggerfahrer Fischer beschwichtigend: »Rege Dich ab, Blindi, Du rauchst ja schon vorne naus, das is' nich' gut für Dein' Zünder! Ich bin gekommen, weil meine strunzdämliche Frau umständehalber noch 'n weiteren Wunsch hat. Und deshalb hatse mich nochema hergeschickt.«

»Was willse denn nu schon wieder?«, fragte der Blindgänger den Baggerfahrer, und der antwortete: »Jetzt willse off eema Märchenwaldministerpräsidentin werden!«

»Nichts leichter als das!«, sprach der Blindgänger Blindi. »Gehe nur nach Hause, sie ist es schon. Aber das war's jetzt hoffentlich!«

Als der Baggerfahrer wieder nach Hause kam, fand er sein Fertighaus von einem Rudel Impfkritiker umlagert, die mit seiner Gattin über Bill Gates und die 40 Räuber diskutieren wollten, während sie in aller Ruhe auf der großen Couch lag und riesige goldene Pralinen aus einer Wanne aus purem Platin verschlang.

»Bist Du nun endlich zufrieden, Weib?«, fragte der Baggerfahrer seine Gräte. Doch die sprach: »Hast Du Vochel spaßenshalber ma' in mein' Kleiderschrank geguckt? Ich hab' üüüüberhaupt nüscht zum Anziehen! Aber ich will prächtige Gewänder haben, mit haufenweise Strass und goldenen Bommeln, genau wie der Papst! Ich hab's! Ich will Papst werden, damit ich nich' länger in Lumpen rumloofen muss, gucke mich doch ma' an, ich seh' ja aus wie die Kelly Family!«

»Aber liebe, böse Gräte …«, sprach da der Baggerfahrer Fischer, »… die Klamotten vom Papst, die passen Dir doch überhaupt ne'!«

»Papperlapapp!«, keifte da die Gräte. »Natürlich passen mir die, die sin' unisex! Also mache Dich los zu Dein' Blindgänger, sache dem en schönen Gruß von mir, ich will Päpstin werden! Und zwar zackig!«

Da machte sich der arme Baggerfahrer Fischer wieder auf den Weg zu der Stelle, wo er den Blindgänger gefunden hatte und buddelte einen Tag und eine Nacht, bis der Blindgänger wieder auf seiner Schaufel lag.

»Grüß Dich Blindi, da biste ja!«, rief der Baggerfahrer erfreut und hob an, sein Sprüchlein aufzusagen:

*»Blindi, Blindi altes Haus*
*ich buddel dich schon wieder aus*
*Weil meine Frau, die …*

Doch da unterbrach ihn Blindi, der Blindgänger und rief entnervt: »Jetzt halt doch ma' die Klappe, das blöde Gedicht kenn' ich nu langsam auswendig. Komm zur Sache, was willse denn nu schon wieder?«

»Ach Blindi«, seufzte da der Baggerfahrer, »die kriegt einfach den Hals nich' voll, jetzt willse Papst werden! Ich wer' nochma' blöde mit der!«

Doch Blindi sagte nur: »Wenn's weiter nüscht is! Kee Problem, geh' nur heem, sie ist schon Papst!«

Und als der Baggerfahrer diesmal nach Hause kam, da traute er seinen Augen nicht, liebe Kinder!

Wo einst sein Fertighaus war, stand nun der Petersdom, weißer Rauch stieg aus allen Kaminen, die Märchenwaldbewohner riefen »Habemus Mamam!« und sprachen auf einmal alle lateinisch. Und seine Frau Gräte schaute in einem bodenlangen, weißen Damenkleid aus dem höchsten Fenster ihres Märchenwaldvatikans heraus und bewarf ihr Volk mit goldenen Pralinen.

»Jetzt hatse endgültig een an dor Klatsche!«, sprach da der Baggerfahrer Fischer. «Wo soll das alles nur enden?«

Und als er nach langer Zeit zu einer Audienz bei seiner Frau, der Päpstin, vorgelassen wurde, fragte er untertänig: »Bist Du nun endlich zufrieden, Eure Scheinheiligkeit?«

Doch die Baggerfahrergattin Gräte rief nur: »Wie soll ich denn zufrieden sein, wenn ich bloß Papst bin? Gehe zu Deinem Blindgänger und sage ihm, ich will Gott sein! Nichts anderes als Gott selbst will ich sein, dann bin ich vielleicht zufrieden …«

»Ach, du Scheiße!«, murmelte da der arme gutmütige Baggerfahrer. »Der Blindgänger rastet aus, wenn ich den nochema ausbuddel, der wär' mir schon beim letzten ma' fast um die Ohren geflochen!«

Doch er tat wie ihm geheißen und als er dem Blindgänger Blindi sagte, sein Weib wolle nun auch noch Gott sein, da schüttelte sich der Blindgänger vor Lachen, dass der Rost nur so flog und er sprach: »Geh' nur heim, sie sitzt schon auf einem Bagger!«

»Hä?«, fragte da der Baggerfahrer Fischer. »Was is' denn das für e' blödes Märchenende? Seit wann sitzt Gott denn off'm Bagger?«

Doch Blindi, der Blindgänger sprach: »Da musste nur ma' kleene Jungs frachen, die mit leuchtenden Augen an dor Baustelle stehen und denen der Mund vor Staunen offensteht! Wer siebenundzwanzig Tonnen Stahl befehligt, der muss Gott sein!«

»So hab' ich das noch gar ne gesehen!«, sprach da der Baggerfahrer Fischer. »Aber Du hast mir die Augen geöffnet! Baggerfahrer ist e' göttlicher Beruf! Komme her, mei' kleener Blindgänger, ich gebe Dir e' Küsschen off 'n Zünder!«

Und kaum hatte er den Blindgänger auf seine rostige Spitze geküsst, da fing die Bombe an zu qualmen! Sie rumpelte und pumpelte, sie wackelte und schnackelte, sie holterte und polterte, sie rauchte und schmauchte, und als der Baggerfahrer Fischer schon dachte, sein letztes Stündlein hätte geschlagen, da gab es einen lauten Bumms.

Und auf einmal stand vor ihm eine wunderschöne Prinzessin. Und die Prinzessin, die wirklich

Bombe aussah, sprach: »Baggerfahrer Fischer, willst Du mit mir gehen? Weil, angebaggert hast Du mich ja schon!«

Da war's der Baggerfahrer Fischer zufrieden, zog die Prinzessin in sein Baggerhäuschen und fuhr mit ihr und seinem riesigen Kettenbagger in den Sonnenuntergang. Und dort lebten sie glücklich und zufrieden alle Tage, die beiden Blindgänger.

Dieses Buch basiert auf Sachsens lustigstem Podcast:

**Die RADIO PSR Sinnlos-Märchen
mit Steffen Lukas**

Alle bisherigen Geschichten
und immer neue Folgen hören Sie auf
www.radiopsr.de und in der mehrPSRApp.

Scannen Sie mit der Kamera Ihres Smartphones
einfach diesen QR-Code und schon geht's los.

*Viel Spaß beim Hören!*